Heidi 海蒂

喬安娜・史派立 Johanna Spyri ◎著
魏妙琪、魏妙凌 ◎譯

晨星出版

目次

延伸閱讀

Chapter

CONTENTS

小天使「海蒂」的作者與故鄉

圖／文：Zeelandia（http://city.udn.com/blog?zeelandia）

小天使海蒂（Heidi，即卡通裡的小蓮）是瑞士女作家喬安娜・史派立（Johanna Spyri）在一八八〇年發表的小說。在日本和台灣因宮崎駿監製的卡通「小天使」（之前譯為「阿爾卑斯少女海蒂」或「飄零燕」）而成為五、六年級共同的童年回憶。

認識喬安娜

作者喬安娜・史派立原名Johanna Louise Heusser，一八二七年六月十二日出生於瑞士蘇黎世南部的小鎮Hirzel。家裡共有六個小孩，喬安娜排行老四。在廿五歲那年嫁給哥哥提奧多（Theodor）的朋友伯納德・史派立（Bernhard Spyri）。依慣例從夫姓，之後就以喬安娜・史派立為筆名發表小說。

婚後與從事律師工作的夫婿定居蘇黎世的她仍舊非常想念過去在鄉下的生活，當時生活在大都市的心境就成了日後在海蒂故事裡的情節：海蒂在德國法蘭克福克拉拉（Clara，即卡通裡的小芬）家裡無時不刻想念著阿爾卑斯山上的生活種種。後來住在朋友家位於阿爾卑斯山腳下一個叫耶寧斯（Jenins）的村子裡度假期間，以周遭為背景，融入自身童年生活點滴的海蒂故事便開始醞釀。

喬安娜的先生與獨子伯納德．迪特姆（Bernhard Diethelm）不幸在一八八四年相繼過世，之後與姪女同住在蘇黎世直到一九〇一年往生，享年七四歲。

（上）
遠處的阿爾卑斯山脈是
卡通裡常見的山景

（下）
郵政廣場

阿爾卑斯山的海蒂路線

海蒂的故事背景麥恩菲得（Maienfeld）在瑞士東部偏南，距離以郵票聞名於世的小國列支敦士登車程不到半小時。未下高速公路交流道前，遠方卡通裡熟悉的山景早已映入眼簾。一走進村子，就像走入卡通裡的場景。郵政廣場（Postplatz）就像台灣鄉下的廟埕，是村民的生活中心。廣場中已乾涸的噴泉沒有彼得（Peter，即卡通裡的小豆子）與羊群的身影，取而代之的是絡繹不絕的遊客。廣場另一頭的左邊是

麥恩菲得（Maienfeld）

市政廳，右邊是紀念品商店兼旅遊服務中心，販賣從小說、電視到電影等應有盡有各式各樣的海蒂商品。

一般旅客和觀光團就近在郵政廣場周邊走走，再到「海蒂村」（Heididorf）看「海蒂之家」（依小說描述建造）就走人了，錯過體驗海蒂故事情節的「海蒂之路」（Heidiweg）。「海蒂之路」分紅線（紅色指標）與藍線（藍色指標）兩條：紅線較短且平緩，從郵政廣場上的紀念品商店兼旅遊服務中心出發，經過「海蒂噴泉」（Heidibrunnen），「海蒂村」，再回到郵政廣場；藍線則是紅線延伸的登山路線，從「海蒂村」裡「海蒂之家」開始，一路爬到山頂的「海蒂牧場」（Heidialp，即卡通裡小蓮與爺爺夏天在山上住的木屋所在），由原路折返或者繼續往前下山，經過「彼得的家」（Geissenpeterhutte），回到平地與紅線交會。

（上）
市政廳外牆的壁畫。

（中）
教堂階梯左下角就是紀念品商店兼旅遊服務中心所在。

（下）
商店裡各式各樣令人目不暇給的海蒂商品：卡通裡的小蓮，小豆子和來福。

海蒂噴泉

沿著紅線指標，在曲折蜿蜒如羊腸小徑的麥恩菲得街道上開車是件苦差事，幸好「海蒂噴泉」就在一條適合大小車輛通行的馬路旁。「海蒂噴泉」是一九五三年由兒童樂捐的，當時為了拍照，威脅帶利誘讓四個全身髒兮兮的野孩子安分地暫時躲在噴泉背後。

海蒂之家

在紅藍線交會的「海蒂村」以呈現海蒂的大自然生活為主題。園區除了將小說裡海蒂住家搬到現實生活的「海蒂之家」外，還有小牧場可以餵食山羊，鳥禽類的家禽也在園區裡四處亂竄。

「海蒂之路」的藍線從這開始，目的地是山頂的海蒂牧場。

藍線一開始就是一段相當吃力的陡坡，手上少了登山手杖強渡關山卻鎩羽而歸的遊客不在少數！陡坡盡頭接到產業道

海蒂噴泉

故事看板No.3旁的噴泉：小蓮的羊——小熊與小白。小豆子與羊群在這裡喝水休息。

路，再沿著產業道路一直往上盤旋就能到達「海蒂牧場」。這條路線也就是小豆子每天趕羊上山的路線！

沿途「海蒂村」特別製作了海蒂故事看板外加木雕，讓遊客一邊登山賞風景一邊融入海蒂的故事情節。看板除了以德英文對照引述小說片段外，還加入所在自然環境的觀察與提示，相當寓教於樂。如果在上山前先看過原著小說，一路上就更能融入小說情境。

海蒂之家

（右）
故事看板 No.6 旁的爺爺木雕像

（下）
故事看板 No.6 旁的小蓮木雕像

故事看板 No.9：
小說裡小豆子把小芬的輪椅從這裡推下山，如此一來，小芬就出不了門，小蓮就可以跟以前一樣，每天和他玩在一起，沒想到小芬因此開始學走路——這是跟卡通最大不同處：卡通裡，小芬被牛嚇到突然站起來，奶奶親眼目睹後開始鼓勵小芬學走路。

故事看板 No.11 樹屋：
小說裡，小蓮與小豆子常在樹屋上看管羊群。

故事看板 No.12 爺爺的木屋：
「海蒂牧場」有點像陽明山上的擎天崗但更大更開闊！爺爺的木屋跟卡通不一樣的地方是後面少了三棵大樹，僅象徵性種了一棵在右後方！

Chapter 1

山上的阿姆大叔

自古老且安祥的麥恩菲得小鎮延伸出的鄉間小路，在穿過一片綠油油的草原後，一路蜿蜒到山腳下，高聳的山脈彷彿正俯看著這片山谷。順著小路登上山坡，眼前的視野逐漸寬廣，可以聞到空氣中瀰漫的清新草香，沿著陡峭的山路往上走，就可抵達山頂。

陽光燦爛的晴朗六月裡，一個長得高大結實的女子正牽個孩子走在這小路上，孩子的雙頰原本就已曬得黝黑，但她熱得紅咚咚的雙頰，仍可以一眼瞧見。不過，這一點兒都不奇怪，因爲在這麼炎熱的六月天裡，她卻穿著一身厚重的冬衣。看起來應該還不滿五歲吧。如果可以看到她實際的個頭，想猜出正確年紀應該不太困難。她穿了好幾層的衣服，圍上厚重的棉披肩，再加上那雙笨重的登山靴，讓她走起路來，每一步既緩慢又費力。

約莫一個鐘頭後，兩人走到位於半山腰的多芙禮村莊。一走進村莊，四周不斷傳來問候的聲音，有些人從窗戶、有些人從門口探出頭，還有人走出了屋外，這村莊正是那位女子的家鄉。然而，她並沒有因此而停下腳步，反倒是一刻也不停地往前走，一直走到只剩幾戶人家的村莊盡頭，才停下腳步。有間房子傳來呼喚她的聲音：「等一會兒，蒂特，你還要往山上走嗎？我和你一起去。」女子才停下腳步，小女孩馬上鬆開她的手，一古腦兒坐在地上。「你累了嗎，海蒂？」她問。「不，可是我好熱喔。」女孩回答。「我們就快到山頂了，你再忍耐一會兒，再一個鐘頭，我們就到了。」蒂特鼓舞著小女孩。

稍後，和善的胖女人便加入她們的行列，老朋友一見面馬上就熱絡地聊起多芙禮村和附近村莊的所有消息，她們兩人走在前面，孩子則落在後頭。

「那麼你究竟要將這孩子帶到哪裡呢？」胖女人問著，「她應該就是你姊姊的那個孩子吧？」

「是的，」蒂特答著，「我要帶她到大叔那，讓她留在那裡。」

「要將這孩子留在阿姆大叔那裡！你瘋了嗎，蒂特！你怎麼可以這麼做！那個老傢伙絕不可能會同意，他鐵定會將你攆出他家！」

「他當然不能這麼做，他是這孩子的爺爺，總該為她做些事。我已經照顧她這麼久了，而且，我告訴你，芭貝爾，我不希望因為這孩子的關係，而錯失一份好工作。現在，是她爺爺該扛起責任的時候了。」

「假使他是個正常人的話，這麼做當然沒問題，」芭貝爾的口吻雖然溫和，但卻十分地堅持，「但你很清楚他是個怎樣的人。他會照顧那孩子嗎？她還那麼小，怎麼可能和他一起生活。還有，你要到什麼地方去工作？」

「法蘭克福，我找到一份好差事，」蒂特說，「那戶人家去年夏天到巴斯旅行時，剛好是由我負責整理他們的房間，那時候他們就希望我能到他們家工作，只不過當時我無法去。今年他們到了巴斯，又問了我一次，我眞的很想到那兒工作。」

「還好我不是那孩子！」芭貝爾帶著憐憫的神情說著，「從來沒有人知道那老人在山上究竟在做些什麼！他不跟人接觸，也沒踏進教堂半步，到山下來的次數少之又少，就算遇見他拄著枴杖下山的時候，大家也是紛紛走避。他臉上那道又粗又濃的眉毛，還有那大鬍子，看起來和老異教徒或印地安人沒什麼兩樣，只消看上一眼，就夠嚇人了。」

「喔，那又怎樣？」蒂特輕蔑的說，「當爺爺的人不都應該照顧孫子嗎？他應該不會傷害她吧？況且，即便他眞的傷害她，該負責任的人也是他，而不是我。」

「我眞的很想知道，」芭貝爾渴望地問著，「這個老人的心中究竟藏著什麼樣的秘密，才會讓他選擇獨居山上。關於他的傳言那麼多，蒂特，你一定曾經從你姊姊口中聽過一些事吧？」

「沒錯，我是聽過一些，但是我不能告訴你，假使這些話傳到他耳裡，我肯定會惹上大麻煩。」

阿姆大叔為何這麼憎恨村子裡的人，又獨居山上，而且村子裡的人只要一提到他，就會自動降低音量，這樣的情形，芭貝爾早就想弄清楚。此外，芭貝爾也不了解多芙禮的人為何人人都稱他為阿姆大叔，就輩分來說，他當然不可能會是每個人的叔叔。不過，當地的人都這麼稱呼他，她也就隨俗地跟著稱他為大叔。芭貝爾不久前才嫁到多芙禮村，她的娘家在南邊的普拉提谷村，因此，對於多芙禮村當地的事情她並不是太清楚。而蒂特當然不同，她在多芙禮土生土長，一直到一年多前，她母親離開人世，她才離開多芙禮村到巴斯的拉格茲工作，在一家大旅館裡擔任服務生。她和這個孩子今天早上才從拉格茲出發，途中還搭了朋友的二輪便車到了麥恩菲得。

芭貝爾當然不肯放過這個大好的機會，她勾著蒂特的手臂示好：「你一定知道村裡那些傳言的是非真假，也一定清楚整個故事的來龍去脈。現在，請你告訴我，這個老人究竟有些什麼問題，他一直都是一個人獨居，不和人來往的嗎？」

「我怎麼可能知道他是不是從以前就這樣，我才二十六歲，他至少七十歲了吧，他年輕時候的事，我當然不會知道。我母親是朵姆萊斯格人，大叔也是……，不過，我現在必須先確定我說的這些話不會傳遍整個普拉提谷，我才能告訴你。」

「蒂特，你這是什麼意思？」芭貝爾有些生氣地說，「我保證絕不會說出去的。」

「那好，不過，請等一下。」

蒂特為了不讓那孩子聽見她將要說的這些話，於是轉過身想要看看那孩子，卻發現她早已不見蹤影，那孩子應該在她們二人剛才忘情的聊天時，就已經走岔了路。蒂特停下腳步，回頭順著往多芙禮村的那條蜿蜒小道找著，仍不見她的蹤影。這時，芭貝爾大聲喊著：「我看到了，她在那裡。」她指著遠方的一個小黑點。「她和牧童還有那些羊群正一塊上山，咦，他今天怎會這麼晚才趕羊上山。你不用擔心，那男孩會幫忙照顧那孩子，你現在可以說了吧。」

「說到照顧啊，」蒂特說，「她可不需要那男孩費心，她一點都不像個五歲的孩子，她觀察力敏銳，總知道將要發生什麼事，這對於她將來在山上的生活一定有莫大的幫助，因為那老人擁有那間小房子和兩隻羊。」

「他曾經擁有很多東西嗎？」芭貝爾問。

「他？我想應該是，」蒂特回答，「他曾是朵姆萊斯格最大的農場的主人。他還有一個弟弟，是個安靜且規矩的人。而自負的他，卻總是和不良份子以及外地人成天在村子裡遊蕩。酗酒和嗜賭很快就將家產揮霍殆盡。他的雙親知道事情之後，因悲傷過度而雙雙辭世。弟弟當然也受到連累，窮困的他很快地離開家鄉，從此沒人知道弟弟去哪裡。除了擁有壞名聲，什麼都沒的大叔，同樣地也選擇離開家鄉。有段時間他行蹤成謎，之後有人發現他在拿坡里當兵，接下來十幾年再也沒有任何關於他的消息。再見他時，是他將自己的孩子帶回朵姆萊斯格時，當時他希望將孩子託給親戚們照顧，不過，卻一再地受到大夥兒無情的拒絕，沒人肯幫他。這讓他相當怨恨村裡的人，並發誓再不踏入朵姆萊斯格村一步，之後便和他的小兒子遷至多芙禮村。他的妻子應該是格利森斯人，他們是在格利森斯相識，只不過，他的妻子婚後沒多久就去世了。當時，他可能還有一點積蓄，因此他讓自己的兒子托比亞斯去當木匠學徒。他是個沉穩的小伙子，多芙禮村當地的人願意接納他。不過，村民們對這個老人還是充滿懷疑，甚至有人說他當初逃離拿坡里，是因爲他在一場不公平的戰役裡殺了人，你瞭解吧，就像是爭吵而引發的殺機。不過，我們並沒有因此而否認我們的親戚關係。我的外曾祖母是他祖母的親姊妹，所以我們才會稱他大叔。而自從他搬到阿姆山上後，大家就開始叫他阿姆大叔。」

「托比亞斯後來怎麼了？」興致盎然的芭貝爾問。

「等等，我總不能一口氣就把全部的事情說完。」蒂特說：「托比亞斯曾在梅爾斯讀書，之後，他回到多芙禮村和我的姊姊愛得萊德結婚。他們彼此相愛，婚後生活也相當美滿。不過，幸福的日子並沒持續太久。才過了兩年，某次工作的意外，托比亞斯被屋頂的樑柱砸死。當他的遺體運回家，愛得萊德看著他扭曲變形的軀體，悲傷得無法自己。之後，她開始發高燒，再也沒有好轉。原本身子就不太好的她，又受到這樣巨大的打擊，在托比亞斯死後的二個月後，她也撒手人寰。村民經常談論著他們倆人的悲劇，村裡還謠傳這必定是因爲大叔不信神的關係，才會連累他們。當時甚至有人親口還告誡。牧師也費盡心力地想要喚醒他的良知，不過頑固的老人只是更加惱怒，他不願再和任何人說話，而村裡的人見了他也只能躲得遠遠地。接著，我們就聽到他搬去阿姆山上，對神和人充滿敵意的他，從那時開始獨居山裡。愛得萊德的孩子當時才一歲，那時候起母親和我便擔負起照顧她的責任。母親去年離開人世，我當時必須到巴斯工作，所以請託村子北邊的烏索老太太照顧他。同年冬天，我留在巴斯做些編織和縫紉，今年春天，法蘭克福的那戶人家又到巴斯旅行，他們還是希望我可以過去幫忙。所以後天我就要出發了，那是一份不可多得的好工作。」

「難道你就要將這個孩子留在山上和那老人住？你怎有這樣的想法，蒂特。」芭貝爾帶著斥責的口吻說。

「你這是什麼意思？」蒂特回道，「我爲這個孩子做的已經夠多了，那麼你認爲我該怎麼做呢？難道要我將這孩子一起帶到法蘭克福。算了，芭貝爾，你要到哪裡呢？我們都走了一大半路了。」

「就是這裡了，」芭貝爾說，「我要去牧羊人的太太那裡，冬天她經常幫我織些衣物。那麼，再見了！蒂特，祝你一切順利！」

蒂特停下來朝她朋友揮了揮手，芭貝爾則往前方的深棕色小屋走去。那屋子位於離小路不遠的凹地，受到屏障的它，避開了山風的直接吹襲。這間屋子位於多芙禮村和山頂的中央，屋子老舊不堪搖搖晃晃，一旦刮起巨風，便會貫穿整間屋子，門窗震動、老朽的柱子亦會咯吱作響。即使是這樣的晴天，還是令人擔心這屋子會不會突然被吹落山谷。牧童彼得，這個十一歲的男孩就住在這裡，每天清晨他會下山將多芙禮村的羊隻趕上山，讓牠們自由自在地在草原上吃草漫步。黃昏時，彼得會和步伐輕盈的羊隻們一路逐回多芙禮村，只要聽見彼得響亮的口哨聲，羊兒的主人便會一一地將家中的羊隻領回。羊兒很溫和，一點兒也不令人害怕，因此，向彼得領羊的通常是村裡的小男孩和小女孩，這也是夏日當中，彼得唯一可以和同齡孩子相處的時刻。彼得家中還有母親和眼盲的奶奶，一大早就得出門，晚上總要和其他孩子玩到盡興才肯回家的他，每天待在家裡就只有早餐、晚餐和晚上睡覺的時間。彼得的父親年輕時也是牧羊人，幾年前因伐木意外死亡。當地的人稱他母親布莉姬妲爲牧羊人太太，並稱呼那眼盲的奶奶爲老奶奶。

此時，蒂特四處張望，甚至登上高處，她花了十多分鐘找尋孩子和羊群，但仍不見他們的蹤影，她露出擔憂。由於彼得十分清楚羊群們愛吃的植物長於何處，也習慣於讓羊群避開小徑，因此，兩個孩子是繞路上來的。而那個熱呼呼的孩子，因爲穿著一身似盔甲般的衣服，爬起山來讓她感到既疲累又氣喘吁吁，爲了要趕上彼得，的確有些吃力。她雖然悶不吭聲，但雙眼卻總是跟隨著彼得，看著身穿馬褲、光著腳丫的他敏捷地在山坡上又跑又跳，體態輕盈的羊群亦毫不費力躍過岩石堆和灌木叢。小女孩突然一屁股坐了下來，緊接著脫下靴襪，鬆開熱呼呼的紅披肩，先脫第一件外衣，然後再脫第二件。由於蒂特不想拿這些衣服，於是把所有的衣服都讓海蒂穿上。這時脫得只剩下短袖上衣的孩子站了起來，歡喜地伸出兩隻小胳臂朝天空揮了揮。接著，她把衣服整齊地折疊，隨即又跳又跑地追趕著彼得和羊群。彼得之前並未留意後頭這個孩子，因此當他見到她現在的模樣時，馬上就笑出來，再看到地上那堆衣服時，簡直就要笑彎了腰。而這個終於可以自由活動的小傢伙，迫不及待地開始問彼得，他究竟擁有多少隻羊、要上哪兒去、到那裡做些什麼？過了好一會兒，他們才一起到了小屋附近。

蒂特見到這孩子正朝著這個方向走來，馬上高喊著：「到底是怎麼回事！你知道自己現在是什麼模樣嗎！另外那兩件外衣和紅色披肩去哪？還有，那雙新買的靴子，還有我親手幫你織好的襪子——怎麼都不見了！海蒂，你的衣服呢？」

那孩子指著遠處如山一般高的那堆衣物：「在那裡。」

蒂特順著海蒂指的方向望去，只見遠處有堆蓋著紅布的東西：「你這個沒用的小東西！」蒂特生氣地喊著。「你到底在想些什麼？是誰讓你把衣服都脫下？你這是什麼意思？」

「我不想穿那些衣服，」孩子並沒有絲毫悔意。

「你這個蠢小孩沒腦筋嗎？」蒂特繼續斥責，「你要誰去幫你拿回來啊，光是走到那裡還要花上近半個鐘頭的時間！彼得，你去拿，快一點啊，不要在那乾瞪眼，難不成你的腳已經連根生在土裡嗎！」

「我今天趕羊的時間已經遲了。」彼得緩緩地回答，聽了蒂特既沮喪又氣惱的埋怨後，他仍舊將雙手插在口袋裡，一點兒都沒想要幫忙。

「噢，光是站在那乾瞪眼，是永遠到不了的，」蒂特氣呼呼地說，「快去，我會給你好處的。」

接著，她掏出一枚閃爍的硬幣。彼得立刻抄著捷徑飛快地越過山坡，如火速般往下跑，抱起了那堆衣服後，又飛快地跑回蒂特面前領取獎賞。彼得迅速將硬幣放進口袋裡，臉上散發著光芒，對他而言，這是不可多得的財富。「你再順路把那些衣服拿到山上吧，」蒂特又說，她已經準備好要往上走。彼得光著腳丫子、捧著那堆衣服，並甩著手中的棍子，心滿意足地跟在後頭，而興高采烈的海蒂也蹦蹦跳跳地走在他身旁。

過了大約四十五分鐘的時間，一行人終於抵達了阿姆山。大叔的屋子位在山頂突出的一端，山風雖大，不過陽光充足，且山谷景致又可一覽無遺。屋後有三棵老樅樹，垂下的枝幹又密又長。在那上面是片山坡，山坡底下是片草地，再往上走則全是些陡峭的岩石，一路延伸至山頂。大叔在屋子前方擺了一張長椅。當他們到達山頂時，他正叼著煙斗坐在椅子上靜靜地望著前方。

海蒂走在最前面，她朝老先生走去，伸出手說：「晚安，爺爺。」

「噢，這是怎麼回事？」當他朝那孩子伸出了手時，粗暴地問，濃眉的雙眼正仔細地打探著她。

海蒂毫不畏懼地看著爺爺，濃密的鬍子和灰厚的眉毛幾乎遮住他的鼻子，感覺起來就像灌木叢一般，著實怪異，以致於海蒂幾乎無法將目光自他身上移開。這時蒂特走了過來，彼得一開始還跟在她身後，之後便停下腳步。

「你好，大叔，」蒂特走到他面前說，「我給您帶來托比亞斯和愛得萊德的孩子。您或許已經認不得她，因爲你上次見到她的時候，她才一歲。」

「你帶這孩子來做什麼？」這個老人問。「你，」他叫住彼得，「帶著你的羊一起離開。」彼得聽話地離開，且立即消失無蹤，那老人的眼神讓他一刻也不想多待。

「這孩子要留在你這裡，」蒂特回答，「我，我想，我已經完成應盡的責任，我已經照顧她四年的時間，現在該是由你來照顧的時候了。」

「是這樣嗎？」老人看了她一眼，「如果這孩子哭著要找你的時候，該怎麼辦？」

「那可不關我的事，」蒂特回答，「當她還是個強褓中的嬰孩時，雖然我和母親已經夠忙了，卻還是無怨言地將她帶回照顧。現在，我必須到外地工作。而您是這孩子最親的人，假使連你都無法好好照顧她，那麼要如何安排處置，都由您決定。但假使她受到傷害的話，也是你的責任。」對於自己的安排感到內疚的蒂特，此時十分煩躁，才會口不擇言地說出一些傷人的話。

在她講完最後一個字，大叔自椅子上站了起來。他的眼神令她往後退了好幾步，接著他揮手說：「馬上給我消失，不要再讓我見到你的臉。」

「海蒂，再見。」蒂特喊著，迅速轉身，然後像蒸汽馬達般飛快下山，直到抵達多芙禮村，絲毫不敢放慢腳步。

大夥兒的關心自四面八方向她襲來，每個認識蒂特的人，都想知道究竟發生了什麼事。詢問的聲音自每扇門窗傳出：「孩子呢？」「你把孩子留在哪裡，蒂特？」蒂特支支吾吾地回答著：「在阿姆大叔那裡！」「和阿姆大叔一起住，我不是說過了嗎？」然後，這些街坊鄰居開始數落起她，「你怎麼可以做這樣的事！」「想想看，把一個完全無助的小東西留在那山上。」「可憐的小東西！眞是可憐的小東西……」這些話不斷在她耳邊響起。蒂特只好不斷地往前跑，直到再也聽不見這些聲音。這孩子是她母親臨終前託付的，因此對於自己所做的這個決定，她一點兒也不快樂。最後，她想到只要能多賺點錢，將來就可以給這孩子好一點的生活，及她將可以遠離這群大驚小怪的人們後，才開始爲自己找到一份自在的新工作而感到歡喜。

Chapter 2

爺爺家

蒂特消失的同時，老人坐回長椅，不發一語地盯著地面，吐出了一大口煙。這時，海蒂興奮地打量著這個新環境；她發現屋子旁邊有個羊棚，她瞧了一眼，但裡面空無一物。不一會兒，她又繞到屋後的老樅樹下。一陣風吹來，頂端的樹葉沙沙作響，海蒂站在樹下靜靜聆聽。在聲音逐漸變小後，她繼續走到屋子的末端，繞了一圈後又走回老爺爺的長椅。他還是維持著剛才的坐姿。她走到爺爺面前，雙手放在背後看著他。

爺爺抬起頭，看著一動也不動地的她說。「有什麼事？」

「我想看看屋子裡面，」海蒂說。

「來吧！」爺爺站了起來，帶她走向屋子，「把那堆衣服拿過來，」他說。

「我想不需要那些了。」她飛快地回答。

老人轉過頭看了那孩子一眼，她閃爍且深邃的雙眼藏不住想要一探屋內的興奮神情。「她應該不傻啊。」他自言自語。

「你爲什麼不需要那些衣服了呢？」他大聲地問著。

海蒂把雙手放背後，望著爺爺低頭不語。

「因為我希望像羊一樣輕盈。」

「噢，只要你希望的話，你當然可以這麼做。」爺爺說，「不過，你還是得將它們拿過來，擺進衣櫥裡。」

海蒂聽話地將衣服拿了進來。老人將門打開，海蒂跟著進到屋內。眼前是一間相當寬敞的大房間。房裡有餐桌和椅子，爺爺的床鋪在一角，另一個角落有座火爐，上面有只大茶壺，再過去有座大壁櫥。爺爺打開了壁櫥，裡面是他的衣物，有些衣服吊著，襯衫、襪子、手帕則平放在架上；架子的另一層擺上盤子、杯子和玻璃杯，最上層則放著圓麵包、燻肉和乳酪。他所有的食物和家當全部都擺在這座壁櫥裡。爺爺打開壁櫥的同時，海蒂連忙跑上前，將手上捧的那些衣服全都丟進壁櫥裡，衣服隱沒在最裡面，幾乎看不到了。

接下來，她仔細環顧房間，並問：「我要睡哪裡呢，爺爺？」

「你愛睡哪裡都可以。」他說。

海蒂高興極了，開始觀察屋子的哪個角落最舒適。她發現爺爺床鋪的對面有把梯子；她登上了梯子，發現那上面是用來堆放乾草的閣樓。自牆上的圓窗望出去，山谷景致盡收眼底。

「我要睡這裡，爺爺，」她向下喊著，「這裡好棒。上來看看嘛，這裡眞是太棒了！」

「噢，我知道，」他回答。

「那麼，我先來鋪床，」在她來回堆著乾草的同時，又往下喊了一聲：「可以幫我拿床單上來嗎，少了床單是沒辦法鋪好床的。」

「好的。」爺爺回答著，不一會兒就走到壁櫥前，仔細翻找後，他拿出一條長長的粗布。

當爺爺登上閣樓時，海蒂已經完成她的乾草床鋪。此外，她在床的一頭，堆了個枕頭狀的乾草堆，這麼一來，只要躺上床，便能欣賞到窗外的景致。

「做的很好，」爺爺說，「我們來鋪床單吧，不過，還要再等一下。」接著，他又取了些乾草，把床鋪鋪地更加厚實些，這麼一來，這孩子睡在上頭才夠舒服。——「現在，把床單拿過來。」爺爺說。

海蒂手捧著床單，那床單對她而言似乎太重了點；不過，這倒可以證明那是一條可以防止她不被乾草尖梗刺痛的厚實床單。爺孫二人合力將床單攤開來，接著，海蒂則將過長與過寬的部份沿著乾草堆的邊緣塞進去。一張乾淨又舒適的床鋪就完成了。

海蒂仔細端詳著床鋪，靜默了片刻後說，「我們少了一樣東西，爺爺。」

「是什麼？」他問。

「被子啊，睡覺的時候不都應該要鑽進床單和被子中間。」

「喔，被子啊。不過，如果沒有的話？」老人說。

「噢，那也沒關係，爺爺，」海蒂安慰著爺爺，「乾草也可以當棉被啊。」

她轉過身，正想再捧起乾草時，爺爺阻止了她。「再等一下，」他下了階梯，走到自己的床邊。再返回閣樓時，他手裡抱了個又大又沉的麻布袋，他興奮地將袋子放到床上，「這應該比乾草適合吧！」海蒂用力地拉扯著這個袋子，試圖以她小小的力氣將這個袋子拉平，但她的力量實在太小。當爺爺幫她將麻布袋攤平在床上時，海蒂充滿喜悅的雙眼不停地望著它，這床看起來既舒適又溫暖。

「這被子眞的太棒了，」她說，「這張床也好棒喔！我眞希望現在是晚上，馬上就可以躺到床上了。」

「不過，我們應該先吃點東西，」爺爺說著，「你認爲呢？」

沉浸在喜悅中的海蒂，完全忘記其他的事情；不過，一聽到爺爺說吃東西，她忍不住餓了起來，因爲今天早晨在吃過麵包和淡咖啡後，她便展開了這場漫長且酷熱的旅程。她立即回答：「是的，我也這麼認爲。」

「既然這樣，那麼我們下樓吧。」爺爺說道。

下樓後，他走到爐子前移開了大茶壺，換上一只有把手的小茶壺，接著，他自己坐在爐子前面的三腳圓椅上生火。很快地，火便點燃了。煮牛奶的同時，老人又拿了把長長的叉子，在火上翻烤著厚厚的乳酪片，一直烤到兩面都呈現金黃色。海蒂興致盎然地看著這一切。突然間，她似乎想起什麼，便轉身跑向壁櫥。當爺爺手裡拿著牛奶和乳酪走向餐桌時，他發現桌上已經擺好圓麵包、盤子，而刀子也擺對了位置；海蒂已經將稍早前見到壁櫥裡的物品位置記清楚，也知道用餐時需要用到那些餐具。

「噢，做的很好，」爺爺說，「我很高興你想到了這些，」他在麵包上放上了片乳酪，「不過，你還忘了一件事。」

海蒂看著不斷冒出蒸氣的茶壺，於是又跑向壁櫥。一開始，她只看見櫥子裡有個小碗，後來，又發現那後頭還有兩個玻璃杯。

「很好，做得很好；不過，我們少了一把椅子。」

現在爺爺所坐的那張椅子，便是屋子裡唯一的一張椅子。海蒂於是走到爐子旁，將那把三腳圓椅拖到桌子旁。

「很好，你已經幫自己找到張椅子，嗯，我看一下，它可能不夠高，」爺爺說，「不過，就算換成我坐的這張椅子，你可能還是搆不著桌子；那麼，我們還是先來吃點東西，來。」

他站了起來，在碗裡注入了羊奶，將碗擺在椅子上，推到海蒂面前，那椅子儼然成為了她的桌子。之後，他又給了她一大片塗抹金黃色乳酪的麵包。這時，他則坐到餐桌的一角開始用起他的餐點。海蒂雙手捧起那碗羊奶，一口氣喝到碗底朝天為止，漫長且炎熱旅程的飢渴感又回到了她身上。然後，她做了一次深呼吸——太過口渴的她，甚至連停下來呼吸的時間都捨不得——然後將碗放下。「好不好喝？」爺爺問。「我從來沒有喝過這麼好喝的羊奶。」海蒂回答。「那麼你應該再喝一些。」老人再度將碗盛滿，現在她開始吃第一口乳酪麵包，烤過的乳酪就像奶油一樣的鬆軟，麵包加上乳酪的味道眞是再美味不過，孩子滿足地啃著的乳酪麵包，並不時地配著羊奶。

用餐後，爺爺走出屋外整理起羊棚，海蒂好奇看著他將棚子清理乾淨，在棚裡為羊兒重新舖上新鮮的稻草。之後，他走到旁邊的小棚子，那裡堆了些劈好的樹枝和圓木片；他先在板子上鑽了幾個洞，接著將樹枝穿進板子，接下來，就像變魔術似的，一張三腳圓椅完成了，和爺爺的那張一樣，只不過高度高了點。海蒂在一旁驚喜地看著。

「你說這像什麼呢？」爺爺問。

「那是我的新椅子；怎麼這麼快就完成了！」這孩子充滿驚喜和欽佩地說。

「她已經具備理解事物的能力。」爺爺自言自語。

接著，他拿著槌子、釘子和木片在屋子的四周修補，並順手將落在地板上的碎屑清掉。海蒂緊跟在爺爺身後，聚精會神地看著他工作，這些新鮮事帶給她莫大的歡樂。快樂的時光持續著，很快地就到了黃昏時分。海蒂聆聽著風兒吹過老樅樹發出的沙沙聲，高興地繞著老樹跳起舞來，感受著她從未曾擁有過的喜悅。爺爺站在棚子靜靜地看著她。

突然間，一陣尖銳的口哨聲傳來，海蒂停了下來，爺爺也走了出來。這時，羊群一隻隻地跳了過來，彼得走在牠們當中。海蒂興奮地叫了一聲，便衝向羊群，她像看到老朋友似的，親切地問候著牠們。接近小屋時，羊群便停下腳步，緊接著兩隻美麗纖細的羊便衝向爺爺，一隻白色，一隻棕色，開始舔著他手裡的鹽巴，每到這兩隻羊歸來時，爺爺的手裡總會如往常一樣握著鹽巴。彼得和其他的羊隻很快地就離開了。海蒂輕輕地撫摸著這兩隻羊，歡心地在牠們身邊蹦蹦跳跳著。「牠們是你的嗎，爺爺？是我們的嗎？你要把牠們關到羊棚裡嗎？牠們會永遠和我們在一起嗎？」海蒂的問題一個接著一個不斷地蹦出來，以至於爺爺只能不斷地應著「是」。當羊舔完爺爺手裡的鹽巴後，爺爺要海蒂將屋內的碗和麵包拿來。海蒂聽話地回到屋裡，很快地又走了出來。爺爺在她的碗裡擠了一些羊奶，接著撕開麵包。

「來，這是你的晚餐，」他說，「吃飽了就去睡覺。你阿姨幫你留了件睡衣，還有些東西，全都放在壁櫥的最下面，需要的話就自己拿。我現在得先把這兩隻羊關起來，吃完飯，就去睡覺。」

「晚安，爺爺！晚安。不過，牠們叫什麼名字呢，爺爺？什麼名字呢？」當他要趕這兩隻羊回到棚內時，她大聲地問著。

「白色的叫做小天鵝，棕色的是小熊。」爺爺回答。

「晚安，小天鵝，晚安，小熊！」

之後，她才坐了下來，開始吃她的晚餐，這時候風更大了，幾乎要將她吹倒，晚餐結束後她便趕緊進屋睡覺。

躺在床上的她，不一會兒就進入夢鄉，又甜又香的模樣，就像蓋上絲絨被的小公主一般。不一會兒，爺爺也上床睡覺，他總是早早上床，因爲一大早就得起床。

夜裡的山風颼地更強勁，屋子被風吹地震動不已，老舊的樑柱發出嘎吱的聲響。風穿過煙囪的聲音像極了咆哮哭號的聲音，一陣強風掃過老樅樹，有幾根樹枝頓時斷裂掉落地面，那聲音將爺爺驚醒，「那孩子應該嚇壞了。」他喃喃自語。他登上了閣樓。窗外的月亮不斷地和那些速度飛快的黑雲奮戰著，前一刻還是皎潔光亮，這一刻又被黑雲覆蓋住。此刻，月光正穿過窗子照在海蒂的床上。蓋個厚重被子的她，玫瑰色的雙頰、小小的頭枕著自己圓滾滾的手臂，童真的臉龐還帶著笑意。老人就這麼站在一旁看著這孩子，直到雲層又遮蔽月光，無法看得清楚時，他才又回到自己的床上。

Chapter 3

放羊去

隔天早晨，一陣響亮的口哨聲將海蒂喚醒。金色的陽光灑落在床上和乾草堆，海蒂一睜開雙眼，映入眼簾的全是閃爍金色的光芒。她驚訝地看著這一切，有好一陣子甚至想不起來自己究竟身在何處。爺爺喚著她的低沉嗓音，讓海蒂想起昨天所發生的一切：她已經離開烏蘇拉老奶奶的屋子，搬到山上爺爺的家了。烏蘇拉老奶奶近乎全聾且相當怕冷，因此不管任何時候，她總是坐在廚房或客廳的火爐旁；此外，爲了不讓那孩子離開她的視線，海蒂必須一直待在她身邊。被禁錮在屋內的海蒂，總是十分渴望到戶外玩耍。今早，當她發現自己在爺爺家，想起昨天見到的那些新鮮事，便十分期待再出去看看，特別是那兩隻羊。

海蒂立刻下了床，爬下梯子跑到屋外。彼得和羊群正在屋外等候著，爺爺正把兩隻羊兒牽出來。海蒂趨前向爺爺和羊兒道了聲早。

「你想一起放羊嗎？」爺爺問。海蒂興高采烈地跳著應好。「不過，你得先去洗把臉。你看，太陽公公都在笑你髒了。」爺爺指著門前裝滿水的那只大木盆。海蒂跑向前，又搓又洗地直到潔淨發亮。而同時，爺爺要彼得提著袋子和他一起進去屋內，彼得訝異地點了點頭，拿出那個裝著少的可憐的食物袋子進來。「打開。」他說，接著放了塊麵包和乳酪進去，彼得瞪大了眼，這份量比起他自己的食物要多上三、四倍。「這個碗也放進去。」爺爺繼續說，「這孩子沒有辦法像你那樣直接喝羊奶。我讓她跟你一塊去放羊，晚上你再帶她回來，要記得擠兩碗羊奶給她；好好看著她，不要讓她從岩石上跌下來。聽懂了嗎？」這時，海蒂走了進來。「太陽公公還會笑我嗎，爺爺？」她緊張地問著。海蒂剛才拿著爺爺擺在木盆旁的粗毛巾將臉、手臂、脖子都用力搓洗過了，因此，現在的海蒂全身紅咚咚的，看起來活像隻龍蝦。他笑著說：「不會，太陽公公現在不會再笑你了，」他向她保證，「不過，今晚你一定要像魚一樣浸在澡盆裡好好洗個澡，如果和羊兒一起東奔西跑一整天的話，你一定會變得髒兮兮。好了，可以出門了。」

夜裡的風將天上雲彩吹走，現在的天空是一望無際的一片湛藍，太陽照在綠草如茵的山坡上，萬紫千紅的花兒紛紛展開花苞。海蒂高興地喊著，在紅歐洲櫻草、藍色龍膽花、金色石薔薇的花海中來回奔跑。這片嬌豔絢爛的花海將海蒂迷住了，讓她幾乎忘了彼得和羊群的存在。她忽東、忽西、忽上、忽下地來回奔跑著。雙手摘滿了花朵，圍裙裡也滿滿的都是花，她想把花兒帶回家插在乾草堆上，好讓她的閣樓看起來就像這兒一樣美麗。

彼得今天除了得隨時注意著海蒂的行蹤外，還得不時轉動他那雙原本就不怎麼靈活的眼珠子盯著，因爲那群羊兒今天似乎也變得和海蒂一樣好動，甚至得不時地吹著口哨、大聲喊叫或揮動手上的棍子將牠們喚回。

「你在哪兒，海蒂？」他有些生氣地喊著。

「這裡。」海蒂的聲音不知從哪裡傳了過來。

彼得沒看到她，因爲她正坐在長滿空穗草山坡的另一面，空穗草散發著一股清新的草香，海蒂從沒聞過這麼棒的味道。她又深深地吸了一大口充滿了草香的空氣。

「過來！」彼得又叫了她一次。「爺爺說過絕不讓你從岩石上跌下來。」

「岩石在哪呢？」海蒂說，不過，她絲毫沒有想要移動的意思，每當風吹過來時，飄散出來的草香就更加迷人。

「在很高的地方，很遠呢，快上來！那裡還有一隻老鷹喔。」這一招奏效了，圍裙裡擺滿花的海蒂馬上站了起來。「你摘的花已經夠多了吧。」「如果你想把這裡的花都摘光的話，你可能一輩子都摘不完吧。而且，如果你把所有的花都摘完，到時候這裡就會變得光禿禿。」這話提醒了海蒂，她可不希望明天這裡變成了光禿禿的一片，況且，她圍

海蒂和彼得在草原奔跑，追逐著羊群。

裙的口袋早已裝滿了花。她開始跟隨著彼得，羊群此時也變得比較守規矩，牠們已經聞到最愛吃的青草香味從高處飄來，所以不停地往上爬。

那片草原位於岩石的下方，是彼得平日最常和羊兒一起休憩的地方，他每天都會在那兒待上好一陣子，岩石底下有些草叢和灌木叢，不過，再往上就是凹凸不平的裸露岩塊了。從山的另一頭看這塊岩石，便會發現這塊岩石當中藏了個相當大的裂縫，也難怪爺爺要警告彼得別讓海蒂從岩石掉下來。彼得取下了背袋，小心翼翼地將它放進地上的一個凹洞裡，因爲他知道上頭的風十分強勁，一不小心這珍貴的袋子就有可能被吹落山谷。放好後，他整個人平躺在暖洋洋的草地上，用盡力氣的他已經累壞了。

此時的海蒂，鬆開了圍裙，小心地排列著花朵。她在彼得身邊坐下。遠處的山谷沐浴在晨光之中，覆蓋著白雪的山峰，正與蔚藍的天空相互呼應，左邊則是一塊狀似劃破天際的陡峭巨大岩石。這孩子一動也不動地欣賞著眼前的景致，除了些許微風吹拂過藍色風鈴草與金色的石薔薇外，四周一片寂靜。彼得帶著倦意睡去，羊群也到了上方的草原。海蒂從沒這麼快樂過。她沐浴在金色陽光下、呼吸著新鮮空氣、品嚐著甜美花香，再也沒有什麼好讓她不滿足。海蒂遠眺著遠處的山脈，發現它們各自有張不同的面孔，就像老朋友一樣地也看著她。突然間，頭上傳來一道尖銳的叫聲，是一隻自己從未見過的巨鳥，正揮舞著寬大的翅膀，在天空中不斷地盤旋並發出聲響。

「彼得、彼得、快起來！」海蒂叫著，「你看，是老鷹——看，快看！」彼得醒來，二人便坐在那裡仰頭看著那隻鳥，牠在藍色的天空中不斷地盤旋，愈飛愈高，不一會兒就沒入灰色的山頭裡。

「牠到哪裡去了？」海蒂問。

「回到牠的巢裡，」彼得說。

「牠的家在那上面嗎？哇，住在那麼高的地方，好令人羨慕喔！牠為什麼會發出那樣的聲音啊？」

「牠本來就會發出牠的叫聲啊。」彼得說。

「我們去看一看牠住的地方吧。」海蒂提議。

「不行！」彼得大叫著，「羊群無法爬到那麼高的地方，況且，爺爺說過你絕對不可以靠近那些岩石堆。」

這時，彼得突然大聲地吹起口哨，海蒂不解，不過羊兒顯然懂了，牠們一隻接著一隻跳回這片草原。有幾隻羊兒繼續吃草，另外幾隻則磨蹭著羊角玩耍嬉戲。海蒂跳著和羊兒玩了起來，羊兒們相互推擠玩耍，對她來說可是件新鮮事，她現在的喜悅是筆墨無以形容的。每一隻羊對她來說都是獨一無二的。彼得這時候從凹洞裡取出他的背袋，將麵包和乳酪在地上排列成矩狀，較大的兩塊是海蒂的，較小的那兩塊才是自己的，這一點他倒記得很清楚。之後，他拿起小碗在小天鵝身上擠了些羊奶，將碗擺在麵包和乳酪中間。他要海蒂過來吃午餐，但一心只想著和羊兒玩耍的她，什麼也聽不見。但是彼得知道該如何讓她聽到，當他喊得連上面的岩石都傳來回音時，海蒂終於出現了。看見地上擺滿食物時，她興奮地跳著。

「不要再跳了，現在該吃午餐，」彼得說，「坐下來開始吃吧。」

海蒂坐下，「這羊奶是給我的嗎？」她問，欣喜地看著那只迷人的小碗。

「是的，」彼得回答，「這兩塊較大的麵包和乳酪也是你的，如果你還想多喝些羊奶的話，我可以再幫妳擠一些。然後才輪到我喝。」

「那你要擠哪隻羊的奶呢？」海蒂問。

「我那隻有花斑的羊。趕快吃吧。」

海蒂很快地將碗裡的羊奶喝得精光，彼得又幫她盛滿了一碗。之後，她只撕了半塊麵包，並將剩下的那一半和一整塊的乳酪都拿給彼得說，「這給你，我吃這樣就夠了。」

彼得驚訝地看著海蒂，一句話都說不出來。他不太確定海蒂是不是在開玩笑，因而顯得有些猶豫；不過，即便彼得不敢接過麵包，海蒂的手卻不曾放下，最後，她只好將食物放在他的膝上。他感激地點了點頭並收下了食物，之後便開始享用著他當牧童以來最豐盛的一餐。

此時，海蒂的眼神還是不停地盯著羊群看。「牠們叫什麼名字？」她問。這裡的每隻羊，彼得都再熟悉不過。他開始告訴海蒂牠們的名字，海蒂非常認眞地記著，很快地，她就能分辨出每一隻羊，也能喊出牠們的名字，每隻羊都各有特色，其實不太容易混淆，只需要用心觀察就分辨得出來，這點海蒂做到了。有對大山羊角的是大土耳其，其他的羊兒會自動避開牠，不和牠正面衝突，唯獨纖細靈巧的格林菲齊敢與牠正面對峙。現在格林菲齊已經在他面前準備好開戰的架勢；牠頭上的那雙羊角是如此尖銳，大土耳其不敢輕舉妄動，也不敢再次攻擊牠。而那隻發出可憐咩咩聲的小雪花，海蒂已經跑去摸牠的頭，安撫牠好多次。這時候，又傳來小雪花的哀泣聲，海蒂跑了過去，小小的手臂環抱著牠的脖子，擔心地問著：「怎麼了，小雪花？」這隻山羊充滿信任地靠在海蒂身上並停止了叫聲。

彼得從他所在的位置高喊——因爲他還沒吃完他的食物，「那是因爲牠在想念著老羊。老羊前天被賣到麥恩菲得，再也不會回到山上來了。」

「老羊是誰啊？」

「就是羊媽媽啊。」他回答。

「那牠的奶奶呢？」海蒂又問。

「牠沒有奶奶。」

「那牠的爺爺呢？」

「牠也沒有爺爺。」

「喔，可憐的小雪花！」海蒂憐惜地說，「別哭了；以後我每天都來陪你，那麼你就不會孤單了，有什麼事，就來找我吧。」這小動物歡喜地靠在海蒂的肩上，不再發出悲傷的叫聲。

彼得已經吃完了食物回到同伴這裡，此時海蒂已經摸清楚這些羊兒的特性。最結實且最守規矩的就屬爺爺那兩隻羊了，牠們總保持著優雅的姿態，當遇到大土耳其時，也只會顯現出冷淡和蔑視的模樣。現在，羊群又開始朝大岩石的方向前進，尋找最美味的草，有的羊移動的速度比較快，直到找到自己想吃的草才會停下腳步，有的羊則會先小口淺嚐。大土耳其有時候便會故意用自己的那對大羊角挑釁其他的羊。小天鵝和小熊輕巧地往上攀爬，牠們總是無誤地找到最美味的灌木叢，高雅且泰然自若地站著，輕巧地囓咬著一片片的葉子。海蒂細心地觀察著牠們的一舉一動。

「彼得，」她問，那男孩現在又躺在地面上，「這裡面最漂亮的羊是小天鵝和小熊。」

「沒錯，我知道，」他回答，「阿姆大叔每天都會刷洗牠們，餵食牠們鹽巴，還讓牠們住在最好的羊棚裡。」

突然間，彼得跳起來並衝向羊群，海蒂緊跟在後。彼得穿過羊群的中間跑到山崖邊，那裡又陡又峭，若是哪隻粗心的羊太過靠近，便很可能會跌落山崖且摔斷腿。因此，當他發現格林菲齊好奇地往那方向跑時，他急忙地衝了過來，看到那隻羊已經快要摔落，彼得便一把抓住了牠的後腿。格林菲齊則因爲原本的探索之旅意外地被阻斷，再加上後腿被抓的那麼緊，生氣地大叫著。牠奮力地想掙開來，彼得一個人的力量不夠，因此，大聲地呼喊著海蒂來幫他。海蒂隨即跑了過來，順手摘了些美味的葉子遞到格林菲齊的鼻尖，哄騙著說：「來，格林菲齊，不可以這麼調皮喔！說不定你會在這個地方摔斷腿，那可是很痛的喲！」牠很快地轉過身來，且安心地吃起海蒂手上的葉子。而此時，彼得拉住牠脖子上那條繫鈴鐺的圓繩，海蒂從旁協助，二人合力將她帶回羊群去。

確保格林菲齊安全後，彼得舉起手中的棍子準備懲罰牠，格林菲齊害怕地向後縮了一下。海蒂喊著：「不，彼得，不要打牠，你看牠這麼害怕！」

「牠本來就應該接受處罰，」彼得吼著，再次舉起了棍子。

海蒂衝到他面前，哭泣著說：「不要打牠，牠會受傷，不要打牠！」

彼得驚訝地看著海蒂那雙泛著淚光的雙眼，他遲疑了一下便將棍子放了下來。「好吧，假如你明天再給我一些乳酪，我就放過牠。」他說。

「好，明天或以後我都可以把乳酪送給你。」海蒂回答，「麵包也可以給你，不過，你要保證以後不會打格林菲齊、小雪花或其他的羊。」

「好，」彼得說，「我才不在乎。」

不知不覺，這一天就要結束了，此時的太陽就快落下山。海蒂坐在地上，安靜地看著藍色風鈴草在夕陽光輝的照耀下變成了金色的花，甚至連岩石也開始閃爍發亮。她馬上跳了起來。

「彼得！彼得！著火了！大岩石著火了、雪山、還有天空！喔，你看！大岩石的最頂端還有紅色的火焰！雪也著火了！彼得，那火焰就要燒到那大鳥的家了！那岩石！樹木！到處，到處都著火了！」

「本來就是這樣，」彼得撥著手上的棍子冷冷地說，「而且那不是眞的火。」

「那麼那是什麼?」海蒂問著,她忽前忽後地跑著,這看看那看看,不管站在哪個位置,她都擔心會錯過某些景緻。「那是什麼?彼得,到底是什麼?」「看,你看!」海蒂興奮地喊著,「現在全都變成玫瑰色!白色的雪變成玫瑰色,那山脈也變成玫瑰色!那些山叫什麼名字呢?」

「山是沒有名字的,」他回答著。

「喔,多美,你看那深紅的雪!深紅色的岩石!噢!怎麼會變成灰色!噢!噢!那顏色好像死了一樣!全都沒了」海蒂沮喪地跌坐在地上,恍若世界末日般。

「明天還會有的,」彼得說,「走吧,我們該回家了。」他吹著口哨,呼喚他的羊群,踏上歸途。

「每天都可以看得到嗎,明天也看得到嗎?」海蒂問著。

「大部分的時候都看得到。」他說。

「不過,明天一定會有嗎?」海蒂又問。

「是的,明天絕對有。」彼得給了她這個肯定的答覆,海蒂才又高興了起來,一路上,她滿腦子想的都是剛才見到風景和新事物。

爺爺還是坐在老樅樹下方的長椅上,小天鵝和小熊跟著海蒂跑到爺爺身邊。彼得喊著，「明天再一道去牧羊！晚安！」他這麼說其實是另有原因的，海蒂向他保證明天也會一塊去後，穿過羊群跑到小雪花身邊，緊抱著她，溫柔說：「乖乖睡，小雪花！明天我會再來陪你，不要再傷心哭泣喔。」小雪花的眼裡充滿感激，隨即轉身回到羊群中。

海蒂轉身走向爺爺，「噢，爺爺，那裡眞的好美。那火焰，玫瑰色的岩石。還有，我要送給你的小花！」當她拿出圍裙裡的花朵時嚇了一跳，全部的花都跌落在爺爺的腳邊。可憐的花朵全乾枯了！

「噢，這些花怎麼了？」海蒂喊著，「和早上的時候完全不一樣，怎麼會變成這樣？」

「那是因爲它們不喜歡被關在圍裙裡，只喜歡站在陽光底下。」爺爺說。

「那麼我以後都不摘花了。還有，爺爺，爲什麼那隻大鳥會一直呱呱地叫不停呢？」她問。

「來，你先去洗個澡，我去擠些羊奶，晚餐的時候，我再告訴你。」

當她坐在高椅子上，眼前擺著盛著羊奶的碗，她又開始問問題。

「爲什麼那隻大鳥會一直呱呱地叫不停呢？」

「牠在嘲笑這個村莊的人們老愛說人長短，又愛唆使別人做些壞事，因此，牠在說：『如果你想自由自在的生活，就搬到山上來。』」

由於爺爺帶點狂野的語調說話，海蒂彷彿又感受到那隻大鳥的叫聲。「那些山爲何沒有名字呢？」海蒂又問。

「它們當然有名字，」爺爺回答，「你描述山的模樣，我就可以告訴你它的名字。」

海蒂開始描述著一座有兩個峰頂的岩山，爺爺對於海蒂鉅細靡遺的描述力感到欣喜。他告訴她那座山的名字。「還有嗎？」海蒂又向他描述著另一座覆蓋著積雪的山，以及它是如何的著火、轉變成玫瑰色，又在一瞬間轉成灰色的，然後所有的色彩都消失了。他又告訴了她那山的名字，並問：「那麼你喜歡去放羊囉？」海蒂繼續告訴爺爺今天所發生的一切，特別是黃昏時，遍地火紅的景象最令她著迷。爺爺開始告訴她，「當太陽公公要向山脈道別時，便會將最美麗的色彩送給它們，這麼一來，它們才不會忘記他。」聽完爺爺的解釋，海蒂更加興奮了，她等不及明天的到來，她希望能夠盡快再和羊群一起上山去看看太陽公公是怎麼送禮物給山脈的。不過，她當然得先上床睡覺。這個夜晚，她躺在乾草床鋪睡的十分地香甜，夢裡見到的盡是閃爍著玫瑰紅色彩的山頭，還有快樂的小雪花在那兒來回地奔跑著。

Chapter 4

去奶奶家

隔天，太陽一早就升起，如往常般明亮。彼得準時地帶著羊群出現，兩個孩子再次攜手登上草原。日子就這樣一天天地過去，海蒂每天在高原上奔跑玩耍，陽光將她曬得黝黑，長得又壯又健康，無憂無慮的她，就像隻快樂自在的小鳥般。秋天來臨，山上的風吹得更爲強勁，有時爺爺會對海蒂說：「你今天留在家裡，山上突然刮起的狂風，很有可能會把像你這麼小的孩子吹落山谷。」每當彼得聽到爺爺這麼說，就會感到十分沮喪，他並不擔心自己會有什麼意外發生，只是少了海蒂，漫漫長日將不知該如何打發。當然，他也會少一頓美味的大餐；此外，少了海蒂的那幾天，羊兒似乎也會變得比較頑固和調皮。因爲牠們已經習慣了海蒂的陪伴，只要海蒂一不在，牠們就不願好好聽話，以至於他總得花上兩倍的心力去照顧牠們。

事實上，海蒂最喜歡的還是和彼得一起上山，在那兒總有看不完的新鮮事物。不過，她對於爺爺拿著鐵鎚和鋸子敲敲打打的木匠工作也相當感興趣；若遇上製作大塊羊奶乳酪的日子，她會興致盎然地欣賞著爺爺捲起袖子、雙手在大鍋子裡來回攪拌的完美

海蒂站在窗前興致盎然觀看外面的世界。

演出。然而眞正最吸引她的，是在颳風的日子裡，觀賞著老樅樹隨風擺動，並發出嘶嘶的吼聲。無論那時她正在做些什麼，總會一再地跑到樹下聆聽，再也沒有什麼會比樹梢的聲響還要來得神秘與精彩。她抬頭看著樹梢，欣賞著枝頭的樹枝被強風吹彎了腰、搖搖晃晃，與嘶嘶的吼聲。天氣一天天地變冷，海蒂已經添上了塞在壁櫥裡的鞋子、襪子和衣服。雖然起風的時候，海蒂就像那樹梢上的小葉子似的被風吹得站不住腳，但只要一聽見屋外老樅樹發出的聲響時，她仍然會忍不住地跑到屋外。

很快地，山上就變得寒冷，當清晨彼得上山時，總會朝著自己的雙手猛哈熱氣。在某個夜裡，天空降下了瑞雪，隔天早晨整座山頭都覆蓋了白雪，這之後，他就不再上山來了。彼得沒有出現的日子裡，海蒂仍會站在窗前觀看窗外的世界，雪不停地飄著，很快地就積到了窗戶的高度，雪仍繼續地飄著，直到整座窗戶都被蓋住。海蒂覺著這一切有趣極了！她忽而這扇窗，忽而那扇窗地跑著，想知道接下來還會發生什麼事情，白雪不知是不是把整間屋子都給蓋住了，以至於現在雖然是白天，他們還是得在屋裡點上一盞燈。幸而，狀況並未發展地太過嚴重，隔天清晨，雪便慢慢停了，爺爺開始動手鏟除屋外積雪，鏟開的雪有兩座小山那麼高，分別堆在屋子的兩側。現在，門窗當然可以打開了。

一天下午，當海蒂和爺爺坐在屋內的爐火前時，屋外傳來陣陣巨大的聲響，緊接著，門被打開了。是彼得，那是他踢掉鞋子上的積雪所發出的聲音；不過，他身上仍然覆滿了雪，因爲他才剛穿過一路的積雪而來，他縮著身子，但仍不停地發抖。他是下定決心不能被大雪擊倒，才爬上小屋來的，因爲他已經整整一星期沒見過海蒂了。「晚安，」當他走進來時說著，接著他走到火爐邊，有好一陣子一句話都說不出話來，不過，他的臉上散發出喜悅的光芒。海蒂驚訝地看著他，室內的溫度讓彼得暖和了起來。

「說吧，指揮官，到底發生了什麼事？」爺爺說，「現在，不用領導羊群的你，應該改拿筆桿了吧。」

「爲什麼要改拿筆桿呢？」海蒂立刻問著。

「冬天，他得去上學，」爺爺說，「讀書和寫字；雖然那有點難，不過對將來是有幫助的。對吧，將軍？」

「嗯，」彼得點點頭。

現在海蒂更加好奇了，她很想知道彼得在學校的所見所聞，因爲問題實在太多了，當她問完時，彼得的身子也差不多烘乾了。不過，要將想法轉化成文字來表達，對於彼得來說，一直是件相當困難的事，而學校的話題，對於他來說又難上加難，每次當他準備好要回答海蒂時，海蒂已經又提了兩、三個新的問題，而且她的問題都不是三言兩語就可以回答清楚。

爺爺靜靜地聽著他們兩人的對話，偶爾也會微笑示意。「好了，指揮官，你在火爐邊坐得夠久了，現在到這裡來吃點東西吧。」爺爺從壁櫥取出晚餐，海蒂也推了把椅子到餐桌旁。現在爺爺的屋裡多了許多椅子，牆邊還擺上一張長椅，這麼一來，不論爺爺或坐或站或走動，海蒂都可待在他身邊。當彼得看見爺爺在他厚厚的麵包上放上一大塊肉時，他瞪大了雙眼。他已經有好長一段時間沒吃過肉。

飯後，也差不多是彼得該回家的時候了。他道了晚安和表示謝意後，說：「下星期天，我還會再來，另外，我奶奶說要請你到我們家玩玩。」

拜訪別人家，對於海蒂來說，又是件新鮮事。隔天早上，她一起床便對爺爺說：「今天我要去拜訪奶奶。」

「積雪太深，你還不能下山。」爺爺勸阻她。

但是因爲奶奶已經邀請她，海蒂便覺得自己非去不可。因此，她每天都跟爺爺說：「我今天非去不可，奶奶她正等著我呢。」到了第四天，地上的霜雪已結成薄冰，高原上的積雪也結成堅硬的冰塊。明亮的陽光穿透窗戶灑落在用餐的海蒂，她又開口說：「我今天無論如何一定得下山去拜訪奶奶，不然她會等太久的。」

這時，爺爺自餐桌站了起來，登上閣樓將海蒂的被子取下，並說：「你過來！」那孩子喜悅地跟著爺爺走進了雪白的世界。老樅樹的樹幹蓋滿了白雪，靜靜地佇立一旁，晶瑩閃爍美極了。海蒂見到這景象，雀躍地喊著：「快來這裡，快來，爺爺！樅樹變成金色和銀色了。」爺爺自羊棚裡拖出一個大型的雪橇；坐在雪橇裡可以藉著雙腳的力量向前推，一旁還有一根用來控制雪橇方向的木桿。當他把雪橇推到樅樹旁時，才看見這時的樅樹有多漂亮，他坐進雪橇裡並將這孩子抱上他的大腿；另外，爲了讓孩子保持溫暖還爲她裹上被子，爺爺用左手緊緊地抱住她，接著便展開了旅程。現在，他的右手握著木桿，雙腳往前蹬了一下。雪橇便開始向下滑行，飛快的速度讓海蒂覺得自己好像是翱翔在天空的鳥兒一樣，她興奮地叫喊著。突然間，雪橇停了下來，因爲彼得的家已經到了。爺爺將她抱出來，並且鬆開包裹她的被子。「到了，進去吧。天黑前，就得啓程回家。」接著，爺爺便拖著雪橇回家。

海蒂打開屋門走進一間昏暗的小房間，那兒有座壁爐、還有一些碗盤擺在櫥櫃上，原來這是間廚房。接著，她又打開另一扇門，那是另一間狹小的房間，彼得家和爺爺家不同，只是間老舊的小屋舍，既狹小又破爛。門邊有張桌子，當海蒂走進屋內時，發現有個女人坐在桌旁修補衣服，海蒂一眼就認出那是彼得的上衣。還有一位駝背的老婦人坐在屋內的一角紡紗。海蒂十分確定那位就是老奶奶，因此，她走到那兒說，「你好，奶奶，我終於來了，你以爲我不會來了？」

老婦人抬起頭，當她發現那孩子向她伸出手，她也伸出手握了她一下，然後說：「你是阿姆大叔家的孩子，海蒂？」

「是的，」海蒂回答，「爺爺剛才駕雪橇載我下來。」

「這怎麼可能！你的手還暖呼呼的呢！布莉姬姐，是阿姆大叔親自帶這孩子下來的嗎？」

彼得的母親走了過來，從頭到腳仔細地打量著海蒂。「我不知道；不過，看起來不像，這孩子會不會弄錯了。」

這時，海蒂看著這位女士，十分肯定地說：「我很清楚將我包在棉被、抱到雪橇的人是誰，就是我爺爺。」

「那麼彼得所說的應該是眞的，我們還以爲他是在胡說，」彼得的媽媽說，「不過，這樣的事情，誰會相信呢？她看起來像誰？」布莉姬姐更仔細地打量著海蒂。「她有愛得萊德纖細的骨架，不過，她的黑眼珠和捲髮應該遺傳自她父親和山上那位老先生。」

此刻，海蒂也沒閒著；她仔細察看屋內。突然，她喊著：「奶奶，那裡有一扇窗搖晃地很厲害；要是爺爺在的話，一定可以把窗子釘牢，不花一分鐘就可以修好了，不然的話，那玻璃可能會破掉喔；你看，你看，它又開始砰砰作響。」

「噢，孩子，」老婦人說，「我雖然看不見，倒可以清楚地聽見那些聲響。只要風一吹，屋子裡的每樣東西就會砰砰作響，風還會從那些縫隙灌進來。夜裡，當他們兩人都入睡時，我經常睡不著覺，擔心這間屋子要是倒塌，我們會不會被壓死。但又沒有人會修理這房子，彼得也不會。」

「但那窗子搖得那麼厲害，奶奶怎麼看不見呢？你看，在那裡！」海蒂指著其中一扇窗。

「唉，小朋友，我不僅僅是看不見那扇窗，我什麼都看不見。」奶奶悲傷地說著。

「如果我把窗戶打開，光線夠亮，你應該就看得見吧，奶奶？」

「沒有用的。不論什麼辦法都不能使我重見光明了。」

「如果走到屋外，你應該可以看得見滿山遍野的白雪。奶奶，我們走吧。」海蒂牽起老婦人的手，奶奶看不見的事，讓海蒂感到十分傷心。

「親愛的小朋友，我現在眼前所能見到的只是漆黑一片，不論下雪或晴天，我都看不見。」

「夏天也是這樣嗎，奶奶？」海蒂說，她不斷地想著辦法，「當太陽公公要向山脈道別時，便會將最美麗的色彩送給它們，讓它們變成像火一樣的顏色，黃色的花朵也會變成金色，那個時候，你應該就可以看見那些美麗的色彩。」

「噢，孩子，我已經看不見你所說的那滿山遍野的火紅或是那朵金色的花，我再也看不見這世界上任何的事物了。」

聽到這些話，海蒂傷心地哭了起來，並持續低聲啜泣，「有誰可以使你重見光明呢？沒有人可以幫得上忙嗎？真的沒有嗎？」

奶奶不捨地安撫這個孩子，但要她安靜下來並不容易，海蒂並不常流淚，只有在遇到無法克服的事才會哭泣。奶奶嘗試著各種安撫，最後，她說：「親愛的海蒂，你過來，我跟你說件事。你可能無法了解，但是對於一個看不見的人來說，能夠聽見像你這樣的安慰話語，是多麼令人快樂的一件事。所以，你來坐在我身邊，說點你在山上發生的事情給我聽，你爺爺都在忙些什麼呢？我跟你爺爺是很多年的朋友，不過，我已經有很長一段時間沒聽過他的消息了。」

對海蒂來說，這倒是個快樂的新話題，她隨即擦乾了淚水：「奶奶，假使我把這裡的狀況告訴爺爺的話，他一定會設法讓你重見光明的，也一定會設法不讓這間屋子垮下來。爺爺他很厲害。」接著，海蒂開始告訴奶奶，她和爺爺在山上的生活，和羊群共度的時光、冬天生活的改變，以及爺爺是何等萬能，舉凡椅子、凳子、小天鵝和小熊的乾草秣槽、大浴盆、牛奶碗、湯匙等，都是用木材如魔術般變出來的。奶奶靜靜地聽著。緊接著，她告訴奶奶自己站在爺爺身邊看他完成那些作品的過程，也很希望有一天可以親手做出那些東西。奶奶興致濃厚地聽著，且不斷地說：「你聽見了嗎，布莉姬姐？你聽見她是怎麼說大叔嗎？」

她們的對話因爲開門聲而突然中斷，彼得走了進來。當見到海蒂時，他滿是驚奇地望著她，直到她喊他時，他才露出笑容。

「晚安，彼得。」

「咦，這孩子已經下課了嗎？」奶奶驚訝地問著，「這個下午怎麼過得這麼快。學得如何，彼得？」

「還不都一樣。」這老婦人輕聲地嘆了一口氣。

「噢，這樣啊，」她說，「我眞希望你能說些不一樣的事，今年二月，你就要滿十二歲了。」

「你希望他告訴你什麼樣的事啊？」海蒂感興趣地問。

「我希望現在的他可以多讀懂一些字，」奶奶說，「架子上有本讚美詩，我已經許多年不曾聽過裡面的詩歌，也不記得歌詞，所以，我一直希望彼得能夠快點學會讀書，這麼一來他就可以朗讀那些詩歌給我聽。不過，那對他來說那還是太難了點。」

「該點燈了，天色暗了。」還在忙著補上衣的彼得母親說。

「我也這麼想，下午都快過完了，我還不知道。」海蒂從矮板凳上跳了起來，匆匆地握了奶奶的手說：「晚安，奶奶，天快黑了，我得回家了。」之後，和彼得及他的媽媽道別後，她便往門口的方向走去。

這時，奶奶緊張的喊著她：「等一等，海蒂；你不可以一個人走回去。讓彼得陪你。彼得，要看著這個孩子，不要讓她跌倒，也不要讓她逗留太久以免受寒，你聽見了嗎？她脖子上有沒有禦寒的衣物？」

「沒有，」海蒂喊著，「不過，我不會冷。」說完，便跑向屋外，她走很快，以致於彼得幾乎趕不上她。

奶奶擔心的說：「快去追她，布莉姬姐；在這麼冷的夜裡，那孩子會凍死的。把我的披肩拿去，快！」

布莉姬姐追了出去。不過，那孩子才走了幾步，便看見爺爺朝他們大步走來，不一會兒，他已經走到他們身邊。

「乖孩子，你沒有忘記回家的時間。」爺爺說，幫她裹上被子後便抱著她往山上走。

布莉姬姐親眼見到這一幕，走回屋內後，便將一切告訴了奶奶。奶奶也有些意外，不停地說：「上帝保佑，讓他這麼疼惜這個孩子。感謝上帝！希望他願意讓這個孩子再來看我，這孩子眞的很貼心。多善良的孩子，她說的話多麼有意思啊。」奶奶一直沉浸在這孩子帶來的喜悅中，臨睡前喃喃自語地說：「我希望她可以再來！終於發現讓我快樂的事了。」每當奶奶提及這事，彼得也會十分得意說，「我不是跟你們說過了嘛！」

同時，被包裹在被子裡的海蒂在回家的路上，也是嘰哩呱拉說個不停，不過被子實在太厚了，爺爺完全聽不懂她所說的。「等回到家，你再慢慢地告訴我發生了什麼事。」

一回到家，海蒂立刻說：「爺爺，明天我們帶著鐵鎚和長釘子到奶奶家，幫她們把搖搖晃晃的屋子釘牢吧。」

「什麼？誰說的？」爺爺問。

「是我自己這麼想，」海蒂回答，「那房子已經快要散掉，那些怪聲音讓奶奶感到非常害怕，夜裡都無法好好入睡，因爲，她擔心那屋子隨時會垮下來，而且，奶奶什麼都看不見，你可以讓奶奶看得見東西嗎？她什麼都看不到，心裡一定很害怕，你一定可以幫她。所以，明天我們一定會下山吧，爺爺？」海蒂央求著老人。

爺爺沉默了好一會兒才說：「好，海蒂，我們一起去解決那屋子搖晃的問題吧，這我還可以幫上忙。」

爺爺信守承諾。隔天下午，他再次取出雪橇，和昨天一樣，將海蒂送到奶奶的屋子前，並說：「現在進去，天一黑就出來。」之後，他將被子放進雪橇裡，便走開了。

海蒂還沒打開門，奶奶就在屋裡喊著：「那孩子來了，她來了。」她高興地連手上的線都掉落在地，紡車也停了下來，伸出雙手來歡迎那個孩子。海蒂跑向她，拖了個小板凳坐在老婦人身邊，便開始和她聊了起來。在這同時，屋外傳來了陣陣巨響，奶奶變得十分沮喪，聲音顫抖的說：「喔，老天爺，又來了，這房子快要倒了！」

海蒂握著她的手，安慰說：「不會的，奶奶，不要怕，那是爺爺在修理屋子的聲音，你不要害怕啊。」

「怎麼可能！這是真的嗎！老天爺沒有忘了我們！」奶奶喊著。

「布莉姬姐，你聽見那聲音了嗎？你聽見那孩子說的話嗎？我敢說那就是鐵鎚聲，到外面去看看。布莉姬姐，如果是阿姆大叔的話，請他進來一下，我要當面謝謝他。」

布莉姬妲到了屋外，看見阿姆大叔將一片片厚厚的木板釘在牆壁上。她走向前並說：「晚安，大叔，謝謝你幫我們做了這些事，母親想親口向你說聲謝謝；眞不知道還有誰會願意幫我們做這些事，我不會忘記你的仁慈，眞的。」

老人打斷了她的話，「你不用開口，我知道你心中是怎麼想阿姆大叔的。進去吧！我自己可以找到哪些地方需要修補。」

布莉姬妲不敢違抗，大叔特有的態度讓人不敢違抗。他在屋子四周繼續敲打著，又爬上屋頂敲敲打打，直到釘子都用光了爲止。此時，天色也變暗了，他自屋頂爬下，並拖出他的雪橇，海蒂這時候也走到屋外。爺爺雖然拖了那只雪橇，卻還是像昨天一樣，將她包裹起來並且抱在懷裡，他擔心若將那孩子放在雪橇裡的話，覆蓋在她身上的那條被子可能隨時會鬆脫，爲了不讓她受寒，他寧可抱著她。

冬天就這麼結束了。在缺少歡笑的這麼多年之後，盲眼的奶奶終於又重拾往日的歡樂，她現在的生活多了期待，會時時留意著屋外孩子走動的聲音，只要門一被打開，知道那孩子又來的時候，她便會喊著：「感謝老天爺，她又來了！」而海蒂便會開始告訴她自己所知道的一切。海蒂說起話來生動不已，總讓奶奶忘了時間，她不再像從前一樣老是問著布莉姬妲：「今天的時間怎麼過得那麼慢？」每當這孩子離開時，她便會大喊：「今天下午怎麼過得這麼快；你不覺得嗎，布莉姬妲？」她通常會回答：「對，我也這麼覺得，我好像才剛將中午的碗盤收拾好而已。」接著奶奶會說：「希望阿姆大叔讓她繼續到這兒來！她看起來是不是很健康，布莉姬妲？」布莉姬妲便會回答：「她看起來就像紅蘋果一樣粉嫩健康。」

海蒂也非常喜歡老奶奶，當她終於了解誰都無法使奶奶恢復視力時，也漸漸不再那麼悲傷。奶奶說過，只要海蒂陪伴在她身邊，她就不會覺得眼前那麼黑暗，因此，這個冬天，只要天氣晴朗，海蒂便會搭乘雪橇下來。爺爺總會帶她下山，也會把鐵鎚和工具放進雪橇裡一起帶來。他花了好幾個下午修補著牧羊人的小屋，屋子現在已經不再嘎嘎作響。夜裡終於可以好好入睡的奶奶，也說她永遠不會忘記大叔爲她所做的一切。

Chapter 5

不速之客

冬天過後，又一個快樂的夏天結束，緊接著，下一個冬天也近尾聲。住在山上的海蒂還是像隻快樂的鳥兒般，成天無憂無慮。她越來越期待著春天的到來，溫暖的南風吹得樅樹沙沙作響，吹落樹上的積雪，溫暖的太陽喚醒小藍花和小黃花催促它們探出頭來，山頂上明亮的白日又將到來。在山上的每一天對海蒂而言，是最快樂的事。海蒂今年八歲，從爺爺那兒學會了許多事情；她已懂得如何看顧羊群，小天鵝和小熊像忠實的小狗兒般跟隨著她，只要一聽見她的聲音，便會興奮的咩咩叫。去年冬天，多芙禮村的小學校長託彼得轉告了阿姆大叔兩次，要海蒂到學校讀書。海蒂已經過了就學年齡，早在冬天之前就該上學。但大叔都要彼得轉告校長，他是不會讓海蒂去上學，如果有什麼問題，就直接上山來找他，而彼得也忠實地轉述爺爺的話。

當三月的陽光融化了山頂上的積雪，雪水涓涓流進溪谷，老樅樹樹梢上的積雪抖落下來時，海蒂歡喜地一會兒跑進羊棚、一會兒又在老樅樹旁，接著又跑去告訴爺爺，老樅樹底下已是綠草如茵，不一會兒，她又跑回老樅樹下。她早已等不及要看到它們換上綠色的夏日新裝和那滿山遍野的花草。在晴朗的三月早晨，海蒂就這樣不停地東奔西跑，當她第十次蹦蹦跳跳到了水槽邊時，發現眼前一位身著黑色西裝的老紳士嚴肅地看著她，她嚇了一跳且差點跌跤。當他發現她恐懼的眼神時，慈祥地對她說：「別怕，我可是很受小朋友歡迎。我們握個手吧！你一定是海蒂吧，我聽過你的名字。你爺爺呢？」

「他在餐桌那邊。」她指著屋裡的方向。

他是多芙禮村的牧師，以前曾是大叔的鄰居，兩個人是老朋友。他走進屋內，走到正彎身工作的爺爺身邊，並說：「早安，老朋友。」

爺爺驚訝地提起頭來，然後說：「早安。」他推了張椅子給牧師後說：「假如你不介意木椅的話，請坐這裡吧。」

「我已經有好長一段時間都不曾見過你了，老朋友。」他說。「今天來是有件事情想跟你商量，」牧師繼續說著。「我想你應該已經猜到什麼事了。」他說話的同時，發現門口那個孩子正好奇地望著這陌生人。

「海蒂，去看看那些羊，」爺爺說。「拿些鹽巴去餵牠們，在那裡待到我過去爲止。」

海蒂隨即在他們眼前消失。

「這孩子一年前就該去上學了，最晚在去年冬季也就該去上學。」牧師說。「小學校長已經通知過你，但你卻一直都沒回覆他。你打算怎麼做呢，老朋友？」

「我是絕對不會讓她去上學的。」

牧師驚訝地看著爺爺，他雙手交叉地坐在長椅上。「那麼你要怎麼讓她學習？」他問。

「我會讓她在山上和羊群、鳥兒一起快樂地成長；和這些動物在一起，她才能安全長大，才不會學到不好的事。」

「不過，這孩子既不是羊，也不是鳥，她是個人。即便跟其他小朋友一起學習會學到一些不好的事，但也唯有這樣才能學習到一些其他的事物。她不該無知的成長，該是讓她上學的時候了。我會選在這個時候到這兒來找你，是想要給你多點時間考慮。希望你可以讓她在這個夏天去上學。無論如何，下一個冬季她必須每天規律地去上學。」

「她不會這麼做的。」老人冷靜且果斷的說。

「你就不願意再考慮一下，竟那麼固執於你的決定。」牧師有些生氣地說著，「你去過世界上那麼多地方，所看所學應該都比別人來得多，應該是個明白事理的人啊！老朋友。」

老人的語氣中存著曾被背叛過的憤怒說。「傑出的牧師先生，你是不是眞的希望下一個冬天，我讓這個孩子每天穿過暴風雪，走好幾公里遠的山路去讀書，並在颳著強風的夜裡再返回山上，即使是大人，不也會被狂風吹倒或被雪蓋住嗎？或許，你還沒忘記這孩子的母親，愛得萊德？她有夢遊症的問題，難不成你希望這孩子也累壞身體，誰能保證她不會有相同症狀？若有誰非要我送她下山去讀書的話？那麼，我們就先在村裡的法院見。」

「你說的沒錯，老朋友，」牧師改以溫和的口吻說著，「要讓這孩子每天從這兒去上學，當然是不可能的事。而且我發覺她和你的感情相當好；爲了她的安全，你應該做一件你早就該做的事：搬回多芙禮村，重新和大家生活在一起。你現在過得是怎樣的生活呢？獨居、敵視上帝和人們！假使哪一天你在這兒出了什麼意外，誰能幫助你呢？你會不會在這兒凍死，我倒可以不去考慮，但這孩子呢？」

「那孩子活蹦亂跳又有著聰明的頭腦，而且，我告訴你，牧師，我知道哪兒可以找到木材，何時是伐木的最佳時刻。你大可以參觀一下我的倉庫。整個冬天，我屋子的木材都不虞匱乏。要我搬到山下，那是不可能的事；村裡的人看不起我，我同樣地也看不起他們；因此，我獨自住在山上才是最好的方式。」

「不，那絕不是最好的方式，而且我也知道問題出在哪裡。」牧師眞誠地說著。「村民們那嫌惡的態度，其實並非像你所想像的那麼嚴重。相信我，去祈求上帝讓你找回心中的平和，求祂原諒你，很快地，你會發現那些人看你的眼神已經改變，那種幸福將是你從未感受過的。」

牧師起身向老人握手道別的同時，他說：「我敢打賭，下個冬季你一定會搬到山下，而且，我們會再當一次好鄰居。假使你感受任何壓力的話，我也會很難過；幫我一個忙並且答應我，你會再搬到山下來，並且與上帝和人們和解。」

阿姆大叔握了牧師的手，肯定地回答：「我知道你是爲我好，但我要說的還是老話，我絕不會讓這孩子到山下讀書，更不會搬到山下。」

「上帝保佑你！」牧師說罷，失望地走下山。

阿姆大叔變得無精打采。那天下午，海蒂如往常般地問著爺爺：「今天可以去拜訪奶奶嗎？」他回答：「今天不行。」那一整天他都沒再開口說過一句話。隔天早上，海蒂又問了爺爺相同的問題，他回答：「再說。」

那天，桌上的碗盤才剛收妥時，又有人來訪，是蒂特阿姨。她戴著一頂精緻的羽毛帽，一身長洋裝，長長的裙擺拖過小屋的地板，現在的裙擺已經沾上了許多不相干的雜物。爺爺不發一語地上下打量著她。不過，蒂特似乎早已經準備好了說辭，立即稱讚起這孩子。她說海蒂長得眞好，以至於她幾乎快要認不得她了，她看起來非常的快樂，應該也受到了妥善照顧，這一切顯然都是因爲爺爺的關係。不過，她從未放棄想將這孩子帶回去照顧的念頭，但她實在無能爲力。她每天都不斷地思考該如何安頓這孩子，而這也是她今天到這裡來的原因，因爲她正好聽到一個天大的好消息，她所服侍的那戶人家，有位富有的親戚住在法蘭克福，家中只有一個獨生女，年紀小、體弱多病，且不良於行，只能坐在輪椅上，她很寂寞，因而想找個人陪她一起讀書。當蒂特聽到這件事的時候，相當悲憐這個小女孩，也很想幫忙她。那戶女管家說他們想找一個淳樸又乖巧的小孩。蒂特認爲海蒂正是最佳人選，因此馬上去見這位女管家，向她描述海蒂是一個怎樣的孩子後，女管家立刻答應。假使海蒂去了他們家，他們又喜歡她，再加上那主人家的孩子若有個三長兩短的話，想想看，她是那麼的體弱多病，而他們也一直希望能有個孩子陪在他們身邊，這樣一來，海蒂至少得到多少財富，這絕對是沒有人可以想像得到。

「你說完了沒？」在她說了這麼一長串之後，阿姆大叔終於不耐煩打斷了她。

「呦！」蒂特喊著，生氣的抬起了頭，「你的反應怎麼這麼平淡啊；假使我跟普拉提谷村裡的任何人談起此事的話，他們可都要感謝老天爺了。」

「你愛跟誰說就說，不過，我是不會答應的。」

蒂特怒氣沖沖地站了起來，並喊著：「你的反應怎麼這麼奇怪，我幹嘛費盡唇舌。這個孩子已經八歲，卻什麼都還不懂。多芙禮村的人告訴我，你甚至不願讓她去教堂或上學。她是我姊姊僅有的孩子，我當然有責任要關心她將來的生活。現在海蒂遇上了這麼好的機會，只有像你這種從不關心別人，也從不希望別人能遇上好事的人，才會不肯答應。我是不會讓步的，而且我告訴你，多芙禮村裡的村民都會站在我這邊。反對你的人，絕不會只有我一個人。假使這就是你的決定，那麼我奉勸你在上法庭之前，最好能將事情都想清楚。一旦上了法庭，許多不利於你的陳年往事都將會被一一重提。」

「閉嘴！」大叔吼得雙眼猙獰。

「走！把她帶走！不要讓我再看到你那頂帽子和那些羽毛，也不要讓我再聽到你今天說的那些話。」說罷，他大步地走出屋子。

「你惹爺爺生氣了。」海蒂說。

「他很快就會沒事了，來！」蒂特匆匆地說著，「告訴我你的衣服放在哪裡。」

「不要！」海蒂說。

「胡鬧，」蒂特說。緊接著她馬上換了種口氣，以半哄半騙的口吻說：「過來，你怎麼也和爺爺一樣不了解呢，很快地，你就可以擁有許許多多你想都沒想過的的東西。」接著，她走到壁櫥，將海蒂的衣物拿出來打包。「現在，到我這兒裡，這帽子雖然有些老舊，但還能派上用場。戴上帽子後，我們馬上出發。」

「我不要。」海蒂說。

「你不要像頭羊那麼頑固和愚蠢；你現在的行爲舉止應該都是羊兒學的吧。你聽我說，你也聽到你爺爺氣呼呼地說了那些話，那是因爲他不想再看到我們任何一眼；他要你馬上跟我一起離開，所以，你不可以留在這裡惹他生氣。你一定想像不出來法蘭克福那裡有多麼地好，那裡有許許多多新奇的事物，如果到時候你不喜歡的話，可以馬上回來；而且，到那個時候，爺爺應該就不會那麼生氣了。」

「今天晚上可以馬上回來嗎？」海蒂問。

「你說什麼傻話，馬上過來這裡！我已經說過了，只要你想回來，任何時候你都可以回來。今晚我們應該會住在麥恩菲得，明天一早我們再一塊去搭火車，那火車的速度就像風那麼快，只要你想回來，馬上就可以回來喔。」

現在，蒂特一手拎著包袱一手牽著那孩子，一起走下山。

現在還不到放羊的季節，彼得理應去多芙禮村上學；不過，今天他又翹課了，他覺得讀書一點用處也沒有，現在正四處閒晃撿著短樹枝。當蒂特和海蒂快到奶奶的屋子時，他們看到彼得正走到轉角處。顯然地，他今天的成果相當豐碩，他肩膀上扛著一大捆又長又粗的榛木。他停下腳步，看著那兩個逐漸接近的身影，然後大喊：「你要去哪裡，海蒂？」

「我要和蒂特阿姨一塊到法蘭克福，」她說，「不過，我得先跟奶奶說一聲，她正等著我呢。」

「不，不能去，天色已經太晚了。」蒂特抓著海蒂，海蒂掙扎地想要鬆開她的手。「回來的時候，你再去拜訪她，現在，我們要趕路。」她死命地拖著這個孩子往山下走，深怕一旦讓海蒂進了屋內，她便會不想離開，而老奶奶也會跟她站在同一陣線。

彼得衝進屋裡，砰地一聲把柴枝全丟在餐桌上，嚇了一跳的奶奶自紡車前站了起來。彼得覺得自己非得發洩一下情緒不可。「什麼事？發生什麼事了？」老婦人害怕地喊著。同樣受到驚嚇的彼得母親也站了起來，並以她貫有的溫和口吻問：「怎麼了，彼得？你怎麼這麼大聲呢？」

「因爲她要把海蒂帶走了。」彼得解釋著。

「誰？是誰？到哪裡去，彼得，要帶她到哪裡？」奶奶愈來愈激動。不過，在她說話的同時，似乎已經猜到將要發生什麼事，因爲布莉姬妲才告訴過她，不久前看到蒂特往阿姆大叔家的方向走去。老婦人匆匆忙忙站了起來，用顫抖的雙手打開了窗戶，並用懇求的聲音喊著：「蒂特，蒂特，請不要帶走那個孩子，求你不要帶走那個孩子！」

顯然蒂特清晰地聽見了奶奶的呼喊聲，但她將海蒂的手抓得更緊。海蒂掙脫著，並哭著說：「奶奶在叫我，我一定要到她那兒去。」蒂特堅決不肯讓這孩子離開，並竭盡所能地安撫著她。她告訴海蒂，她們必須趕路，否則一旦遲了，明天她們將無法如期到達法蘭克福。蒂特認爲這孩子一到那裡，必定會開心到忘了要再回到這裡。她哄騙著海蒂說，將來隨時都能回來，到時候她可以帶個禮物回來送給奶奶。這個新的想法，似乎說服了海蒂。數分鐘後，海蒂問：「我可以送什麼東西給奶奶呢？」

「我們一定得找個好東西。」蒂特回答。

「一大捲鬆軟的白麵包好了。她一定會喜歡的，她年紀太大了，就快咬不動那些硬梆梆的黑麵包。」

「對啊，她總是把麵包拿給彼得吃，並且告訴他那麵包太硬了，我親眼見過她這麼說。」海蒂附和著，「那麼，我們再走快一點，快點到法蘭克福，說不定今天我就可以把白麵包送給奶奶了。」

海蒂開始跑了起來，提著包袱的蒂特幾乎就要跟不上她。但她很高興，因爲她們就快走到多芙禮村，而說不定那裡的人還會問海蒂一些事情或跟她說些話，那也許又會讓她改變主意。因此，她緊握著海蒂的手，快速地穿過村莊，大夥看到這孩子走得這麼急，或許也會認爲是這個孩子的意思。無論他們怎麼問或談論，她總是說：「我現在實在無法停下來，你看，我必須跟上這孩子的腳步，我們還要趕路。」

「你要帶她走嗎？」

「她是從阿姆大叔家逃出來的嗎？」

「眞不可思議，她還活著！」

「你看她的雙頰多麼紅嫩。」

像這樣的問題不斷地從道路兩旁傳來，不過，因爲海蒂不發一語不斷地往前直走，因此，蒂特鬆了一口氣，因爲她不需要停下腳步來回答這些問題。

自那天起，當阿姆大叔下山並穿過多芙禮村時，他的表情變得更加嚴峻和凶狠。他背著裝著乳酪的袋子，手裡握著一根粗大的棍子，再加上粗黑的雙眉，樣貌可怕極了。他不跟任何人說話，因此，那些婦女只要看見他，便會叮嚀家中小蘿蔔頭說：「小心！離阿姆大叔遠一點！」這老人卻一點兒也不在意旁人的目光，朝溪谷的方向大步地邁去，他在那裡賣乳酪，以換取麵包和肉類。每當他一經過，村民便在他背後議論紛紛，說他看起來比之前更加兇蠻，而就算有人向他問好，他也完全不搭理，村民一致認同那孩子能夠離開他，眞是上蒼悲憐，但他們完全不了解那天孩子步伐會那麼匆促的眞正原因。只有盲眼的老奶奶站在大叔這邊，還會告訴那些來請她紡線的人們說，他對那孩子多麼關心與疼惜，以及曾經多少個下午的時光，他到這兒幫她們修補房子。若非他的幫忙，屋子應該早就垮下來了。這類傳聞不斷地在多芙禮村流傳著，但是大部分的人都寧可相信，那是奶奶老糊塗的關係才會聽錯。

現在，阿姆大叔再也沒到過奶奶家，不過，那房子已經相當牢固，應該可以撐上好一陣子。在沒有小孩子腳步聲的日子裡，盲眼的老婦人又開始過著悲傷的日子。偶爾她會低聲埋怨：「老天爺！我所擁有的一切喜樂，都已隨著這個孩子離去！上帝，請讓我在死之前，再看到海蒂一面！」

Chapter 6

新生活

克拉拉，賽瑟曼先生的女兒，正坐在那張輪椅上，行動不便的她都必須依賴輪椅。她正在書房裡，這裡擺放著各式各樣的家具，鑲著玻璃門的美觀書櫃說明了這裡爲何被稱作書房，顯然這個小女孩一直都是在這上課。克拉拉有張蒼白瘦長的臉，她那雙溫柔的藍眼睛正盯著時鐘看，今天的時間似乎過得相當緩慢，平日十分有耐心的她現在竟然也些急躁不安。「時間還沒到嗎?羅特邁爾女士?」

這位女士挺直了背脊坐在小桌子前正忙著繡花。她穿了一件非常奇特的衣裳，那個寬大的領子及披肩狀的裝飾使她看起來更加嚴肅。自從女主人過世之後，這些年來賽瑟曼先生一直都是委由羅特邁爾女士來幫他管理家中的事。由於他經常出外經商，因此他讓她全權掌管家中事物。唯一的條件，就是任何事都得聽聽他小女兒的意見，絕不可以違反她的意思。

當克拉拉再次不耐煩地問著時，蒂特和海蒂正巧抵達屋子前門，蒂特詢問車伕現在見羅特邁爾女士是否會太晚。

「這不干我的事，」車伕馬上回答。「按鈴找賽巴斯汀吧。」

蒂特按了門鈴後，賽巴斯汀幫她們開了門。他驚訝地看著她，眼睛瞪得比衣服上的鈕扣還要大。

「現在見羅特邁爾女士會不會太晚？」蒂特又問。

「這不干我的事。」他說，「按鈴找女僕絺奈特吧。」不一會兒，賽巴斯汀便消失在她們眼前。

蒂特又按了一次門鈴。這一回，戴著一頂雪白帽子、性格高傲的絺奈特回應：「誰呀？」她在樓上喊著。蒂特重複她的問題。絺奈特消失了一會兒之後，很快地再度出現在她們面前，並說：「上來吧，她正等著你。」

蒂特和海蒂上樓後便走進書房，絺奈特則跟在後頭。蒂特緊緊牽著海蒂的小手，禮貌地在門邊等候，深怕這孩子會出什麼狀況。羅特邁爾女士緩緩地站了起來，走到海蒂面前，仔細打量了一番，她似乎不怎麼滿意她的外表。海蒂穿了一件樸素的棉質上衣，戴著一頂早已變形的草帽。帽子下那張天真無邪的臉孔，明顯地透露出她對於她的那身裝扮感到十分不可思議。

「你叫什麼名字？」幾分鐘之後，羅特邁爾女士問她。

海蒂盯著那女士，大聲地說：「海蒂。」

「什麼？這不是基督徒的名字，你還沒有受洗嗎？你受洗時，他們幫你取了什麼名字？」羅特邁爾女士又問。

「我不記得了。」海蒂回答。

「這是什麼回答啊！」這位女士搖了搖頭。

「蒂特，這孩子是太笨，還是不懂禮貌？」

「夫人，請准許我代替這孩子回答，那是因爲她不太習慣這種場合。」蒂特回答，並且偷偷地捅了海蒂一下後繼續說，「她當然不笨，也不會沒禮貌，她只是不了解你的問題，她總是想到什麼就說什麼。今天是她生平第一次到這麼有教養的地方來，因此還不太懂規矩；不過，她是個可教之才，也很願意學習，希望夫人您可以原諒她。她受洗時的名字是愛得萊德，承襲了他母親的名字，她的母親就是我的姊姊，不過，她已經過世了。」

「至少這個名字還算像樣，」羅特邁爾女士說，「不過，我必須告訴你，蒂特，我沒想到這個孩子的年紀還那麼小。我告訴過你，我要找的是一個與小姐年紀相仿、可以陪她一起讀書做事的孩子。克拉拉小姐現在十二歲，這個孩子幾歲？」

「夫人請原諒我，」向來能言善道的蒂特接著又說：「我也忘了這孩子的眞實年紀，她是小了點，但應該不會差得太多；我不太確定，不過，我想她大概是十歲左右。」

「爺爺說我八歲，」蒂特輕推了她一下，但這孩子感到十分困惑，不知道阿姨爲何要這麼說。

「什麼——只有八歲！」羅特邁爾女士十分生氣地喊著。「這麼小的孩子有什麼用處！你學過什麼？上學了嗎？」

「還沒。」海蒂說。

「什麼？那麼你怎麼學會讀書的？」

「我還不會讀書，彼得也不會。」海蒂回答。

「你不會讀書！這是眞的嗎？」羅特邁爾女士嚇了一大跳。「這怎麼可能——不會讀書？那麼，你學過什麼？」

「什麼都沒學過，」海蒂十分誠實的說著。

「這位小姐，」經過幾分鐘的停頓，那位女士才稍稍從剛才的震撼當中恢復過來，「這個孩子和你原本說的完全不同，你怎麼可以找個這樣的孩子來呢？」

蒂特可沒這麼容易就肯善罷甘休，她接著說：「夫人，請容我再作些解釋，我認爲這孩子完全符合要求。小姐曾經說過，她想要找一個不同的孩子，我找了許多人，可是都沒符合，不過，這孩子就擁有這樣的特質。現在，我必須離開了，因爲我的主人還在等著我；如果夫人您同意的話，我下次再來看這孩子。」蒂特行了個禮，隨即離開房間，下樓走了。羅特邁爾女士遲疑了一下，立即朝蒂特的方向追去。假使要將這個孩子留在這裡的話，她還有許多問題要問個清楚。

海蒂一直站在門口的位置。克拉拉靜靜地在旁觀看這次面談；現在她喊著海蒂並說：「你過來！」海蒂朝她走去。「你比較喜歡人家叫你海蒂還是愛得萊德呢？」克拉拉問。

「我一直都叫做海蒂。」海蒂回答。

「那麼，我當然會叫你海蒂。」克拉拉說。「這個名字很適合你。我從未聽過這樣名字，也從沒見過像你這樣的孩子。你一直都留著這麼短的捲髮嗎？」

「是啊。」海蒂說。

「你喜歡法蘭克福嗎？」克拉拉接著又問。

「不是的，我明天就要回去了，我要幫奶奶帶條白麵包回去。」海蒂解釋著。

「嗯，你眞是個有趣的孩子！」克拉拉說著，「她們送你到法蘭克福來，是要你來陪

我讀書；不過，假使你還不會讀書的話，上起課來應該會變得很有趣。上課眞的很無聊，有時候我甚至會覺得早上的時間怎麼也過不完似的。你知道嗎，家教老師每天上午十點會到家裡，一直上課上到下午兩點，時間過得眞的很慢。有時候，老師會假裝把書捧在眼前，其實我知道那是因爲他正打著一個非常大的哈欠。羅特邁爾女士也是，我們上課時，有時候她也會把一條大手帕蓋在臉上，並不時地移動著，那也是因爲她很想要打哈欠。我自己也是，不過，我都會努力忍住，因爲羅特邁爾女士只要看到我打哈欠，她就會以爲我不舒服而要我馬上吃魚肝油；魚肝油的味道眞的很可怕，所以我只好儘量忍住不打哈欠。不過，現在我應該會比較輕鬆了，你上課的時候，我可以靠在一旁聽就好。」

海蒂聽到自己要上課，不可置信地搖了搖頭。

「噢，傻瓜，海蒂，你當然得學會讀書，每個人都得學會讀書。你遇到不懂的地方，他會解釋給你聽，而且家教老師脾氣很好，從來都不發脾氣。不過，你要記住，假使他的解釋你還是不懂，千萬不可以再問，不然，他會愈解釋愈多，而你只會越聽越糊塗。等你學多一些，也比較了解時候，自然就會了解他的意思。」

現在，羅特邁爾女士氣呼呼地回到房間，她沒有追上蒂特，她顯得相當地困擾，因爲她還想多了解一些關於這孩子的狀況，還要告訴蒂特她找了一個不適合的孩子。現在她有些不知所措，更不知道如何從這場鬧劇裡脫困，這種不安使她更加地生氣，由於這件事由她全權負責，但現在她卻只能讓海蒂留下來。她在書房和餐廳之間生氣地來回踱步，不久，她開始斥責才剛舖好餐桌、正在查看有無東西遺漏的賽巴斯汀。「你別再拖拖拉拉了，動作再不快點，今天就甭吃晚餐了。」然後，她喊著綈奈特，但她暴怒的聲音卻讓女僕的步伐變得更加緩慢，不過，女僕臉上傲慢的表情，竟使羅特邁爾女士不敢斥責。「去檢查那個小女孩住的房間準備好了沒。」女士控制著自己的暴怒說著，「東西都有了，只需要打掃一下就可以住了。」

「這事有這麼重要嗎？」綈奈特離開的時候，傲慢的說。

而此同時，賽巴斯汀用力甩開通往餐廳的門，藉以發洩他的怒氣；接著，他走進書房將克拉拉推到餐廳。他握著把手正準備要推動輪椅時，海蒂走過來並且盯著他看。他大吼著：「你那樣看我幹嘛？」他當然沒有發現這時羅特邁爾女士也走了進來，否則應該不會那麼大聲。

「你的樣子眞像彼得。」海蒂回答。

看到這一幕，女管家震驚地握緊拳頭。「這怎麼可能！」她結結巴巴地說，「她跟僕人講話的口氣，竟然像跟老朋友說話似的。眞是一點兒規矩都沒有。」

賽巴斯汀推著克拉拉進了餐廳，羅特邁爾女士坐在克拉拉的一旁，並要海蒂坐在另一頭。

餐桌上只有她們三人，因此賽巴斯汀有足夠的空間上菜。海蒂看到自己的餐盤上放了塊麵包捲時，高興地眼睛都亮了起來。不過，她只敢像隻小老鼠似的，一動也不動地坐著，直到賽巴斯汀又端了另一盤魚給她，她才敢開口問他：「我可以拿這個嗎？」因爲賽巴斯汀有張海蒂所熟悉的臉龐，才讓她有勇氣跟他說話。

賽巴斯汀點點頭，他的雙眼立即掃過羅特邁爾女士，想看看她會有什麼樣反應。海蒂馬上將麵包捲放進口袋裡，賽巴斯汀的嘴角抽動了一下，但忍住了笑聲。他依舊動也不動地靜靜地站在海蒂身邊。在她用餐完畢前，他不能隨便開口說話或離開。海蒂驚訝地看著他，接著又問：「這個也可以吃嗎？」賽巴斯汀又點了點頭。「那麼請給我一些。」她說，之後便靜靜地看著自己的盤子。聽了這項指令之後，賽巴斯汀的表情有些疑惑，可是強忍笑意的他，手上的盤子開始顫動起來。

「去把盤子放下，再過來。」羅特邁爾女士神情嚴肅地說著。賽巴斯汀隨即離開。

「而你，愛得萊德，我想我得先教你一些規矩。」這位女管家嘆了口氣。「我先跟你解說一些餐桌禮儀。」接著，她開始教導著海蒂在餐桌上所應遵循的規矩。「還有，」她繼續說。「你必須特別記住一點，在餐桌上或任何時候，都不可以跟賽巴斯汀說話，除非你要命令他做事或問問題，此外，不可以用朋友的口吻跟他說話。別讓我再看到你用那種態度跟他說話！跟綈奈特說話時也一樣。別人怎麼稱呼我，你就怎麼稱呼我。至於克拉拉，她可以自己決定要你怎麼稱呼她。」

「當然就叫我克拉拉。」

緊接著又是一長串的禮儀教學，起床、睡覺、進出房間、開關門、收拾等禮節。海蒂聽著聽著，雙眼逐漸閉上，這也難怪，因為她今天早上五點鐘就起床，接著是一大段的旅程。她靠在椅背上，漸漸睡去。

當羅特邁爾女士說到最後：「現在你記住我所說的話了嗎，愛得萊德！你懂不懂？」

「海蒂已經睡著很久了，」克拉拉說，她笑的非常開心，因為她已經有好長一段時間沒吃過這麼有趣的晚餐了。

「這個孩子眞令人受不了。」羅特邁爾女士非常生氣地喊著，她暴躁地搖鈴，綈奈特和賽巴斯汀迅速地跑過來，還差點撞在一塊。不過，無論怎麼叫都叫不醒海蒂，最後，他們只好抱著她經過書房、克拉拉的房間和羅特邁爾女士的房間，直到最角落的房間。

Chapter 7

羅特邁爾女士悲慘的一天

在法蘭克福醒來的第一個早晨，海蒂揉了揉雙眼，完全不清楚自己究竟身在何方。那是間寬敞的房間，自己正躺在一張白色的高腳大床上，陽光灑落在一襲長長的白色窗簾上；窗旁有兩張花朵圖案的椅子，還有一張有同樣圖案的沙發，沙發前有張圓桌；房間角落有個洗手檯，上頭擺滿了許多海蒂從未見過的東西。現在，她才意識到自己身處法蘭克福。她回想起昨天所經歷過的一切，女管家那一長串連珠炮似的禮儀守則，喔！她的聲音彷彿又在耳邊響起。

海蒂一下床，就立刻奔到窗邊，迫不及待地想看看窗外的藍天和綠地。在掛滿窗簾的屋子裡，海蒂覺得自己像是被囚禁在籠中的鳥兒。她試著想要拉開厚重的窗簾，但任憑她怎麼用力也拉不動。最後，她只好鑽過窗簾走到窗邊，不過個子只與窗檯同高的她，還是什麼都看不到。這扇窗子太高，她只好跑到另一扇窗，不過，結果都是一樣。海蒂感到害怕極了。海蒂向來早起，在山上的時候，每天早上只要一睡醒，便會跑到屋外看一看藍色的天空、昇起的朝陽、搖曳的老樅樹，和那爭奇鬥艷的花兒。而現在的她就像被囚禁在華麗牢籠的鳥兒，拼命地想掙脫那鐵絲的束縛，海蒂慌亂地在屋裡跑著，不斷地想要打開窗子，她渴望見到外面的世界。窗外一定看得到草原，說不定還會看到積著殘雪的山頭。然而，就算她把小小指頭都放到窗子下，卻還是推不動那窗子。徒勞無功之後，她不得不放棄，並興起到屋外走走的念頭；不過，她很快地回想起昨晚抵達時這屋子時，在門口看見的只有石子路。

此時，門外傳來敲門聲，綈奈特探頭對著她說：「早點準備好了。」年幼的海蒂不了解那話的意思，而綈奈特那張板起的臉孔使她不敢多問。她誤認綈奈特想要幫她送早餐進來，因此，她便逕自從桌底下拉出小板凳，靜靜地坐著等待。不一會兒，羅特邁爾女士氣呼呼地走了過來：「你到底是怎麼回事，愛得萊德？你聽不懂什麼叫做吃早餐嗎？馬上過來！」現在海蒂終於明白即刻跟隨過來。克拉拉已經在餐桌上等了好一會兒，她親切地向海蒂問了聲早，臉上的神情比起往常來得愉悅，因爲她覺著今天應該還會有些新鮮事發生。

早餐過後，克拉拉如往常地被推進書房裡，羅特邁爾女士要求海蒂陪伴著克拉拉，直到老師來上課。當書房裡剩下她們兩人時，海蒂便問：「要怎麼樣才能看到外面？」

「打開窗戶啊，」克拉拉回答。

「不過，那窗戶不能開。」海蒂難過地說。

「當然打得開。」克拉拉向她保證。「不過你和我都沒有這個能力，你可以請賽巴斯汀幫你。」

聽到窗子可以打開時，海蒂才鬆了一口氣，因爲她覺得自己現在就像被關在牢裡一樣。接著，克拉拉開始詢問海蒂關於山上的生活，海蒂興奮地向她描述著山羊、高山，以及那遍地花朵的草原。

在她們聊天的同時，家教老師已經到了；不過，今天羅特邁爾女士並沒有直接將他帶到書房，而是先在餐廳向他傾訴目前遇上的難題，狀況是如何棘手，以及事情的始末等。看來她曾經寫過好幾封信給賽瑟曼先生，告訴他克拉拉多麼希望能找個同伴來陪她，她自己當然也十分贊同，因爲除了對於克拉拉在學習上有所幫助，平時也可以多個玩伴。實際上，羅特邁爾女士十分渴望這樣的安排，因爲這麼一來，她就不用花上一整天的時間陪伴這虛弱的女孩。賽瑟曼先生回了信說，他很樂意讓克拉拉找同伴，也會對這個孩子視如己出，絕不能讓孩子受苦或被歧視，羅特邁爾女士回答說：「誰會想讓孩子受苦呢！」然而，她卻持續數落著昨天來的那孩子，又強調對於即將落在家教老師身上的重擔感到十分不安，因爲他不僅必須從最基本的ＡＢＣ開始教起，甚至連生活上最基本的禮儀也得教。對於目前棘手的狀況，她唯一能想到，就是請家教老師告訴賽瑟曼先生，讓一個沒有讀過書的孩子陪克拉拉一起上課，一定會嚴重影響到克拉拉的課業；這麼一來，賽瑟曼先生才可能同意將那孩子送回去。若沒有賽瑟曼先生的允許，她並不敢作主送走她。

然而，向來謹慎的家教老師，並不願偏袒任何一方，他試圖安撫羅特邁爾女士，並告訴她假使那孩子在某方面的能力有所欠缺，必定會有其他強項，而且只要認眞教導，她一定可跟上進度。當羅特邁爾女士看出家教老師並不支持她並準備好要從基礎的字母開始教那孩子時，只好打開了書房大門。不過，老師前腳才剛踏入，她便趕緊將門關上，因爲她早已受夠了那些可怕的ABC。

她在餐廳裡來回踱步，回想著愛得萊德跟那些下人說話的樣子。不過，她並沒太多的時間可以煩惱，因爲就在此時，書房突然傳來一聲巨響，緊接著又傳來呼喊賽巴斯汀來幫忙的聲音。當她衝進書房時，書本、練習本、墨水瓶、和桌巾全都散落一地，墨水亦灑了一地。但海蒂不見了。「你們全都看見了吧。」羅特邁爾女士狂叫著，「桌巾、書本、書夾，全都浸在墨水裡！一定是那個可怕的孩子造成的。」老師也驚訝地望著地上的混亂。不過，克拉拉反倒有些興災樂禍。

「是的，是海蒂沒錯，」她解釋著，「不過這一切都是意外；你不要處罰她；她是因爲太急著跑下樓，不小心扯到桌巾，才會將桌上的東西都拖到地上。海蒂剛才聽見馬車經過的聲音，匆匆忙忙地跑下去。說不定她從未見過馬車呢。」

「我說的沒錯吧。她一點規矩都不懂，難道她不知道現在應該靜靜地站著這裡聽課嗎。不過，她跑到去哪了？該不會逃跑了嗎！賽瑟曼先生會責備我吧？」她跑出書房並衝下樓。

樓下的大門敞開，海蒂正站在門口四處張望。

「你在做什麼？你跑下來做什麼？」羅特邁爾女士問她。

「我好像聽見樅樹沙沙的聲音，可是卻怎麼找都找不到。」海蒂回答著，失望地望著剛才馬車經過時發出聲響的方向，對於海蒂來說，那還眞像樅樹發出的聲音，因此她才會開心地衝下樓。

「樅樹！你以爲我們住在森林裡？眞是莫名奇妙？上去看看你做了什麼好事！」

海蒂轉身跟著羅特邁爾女士上樓；對於自己剛才闖下的大禍，她也感到十分訝異，急著下樓的她完全不知道自己剛才將桌子的東西全打翻了。

「這次我原諒你，不過，不許再犯同樣的錯誤。」羅特邁爾女士說。

「上課時間，你必須靜靜地坐著聽課。要是你坐不住的話，我會把你綁在椅子上，懂嗎？」

「懂，」海蒂回答，「我絕不會再亂跑了。」現在的她，終於明白上課是不可以亂跑的。

賽巴斯汀和綈奈特將書房重新收拾乾淨，東西歸位，家教老師也離開了。發生了這樣的事情後，今天當然無法再進行任何課程，當然也就不會有任何打呵欠的機會。

午後，克拉拉休息的時候，女管家也會回到自己房裡，這時便是海蒂自己的時間；這也是她所期盼的，因爲她早已決定要做些什麼。不過，她需要別人的幫忙，因此，她在餐廳的門口等候著，沒多久，賽巴斯汀端著一只裝著銀製茶具的托盤，準備將它們放進櫃子裡。當他快走到樓上時，海蒂趨向前，以羅特邁爾女士要她對僕人說話的語氣問他話。賽巴斯汀驚訝地看著她，有些生氣地說：「你需要什麼，小姐？」

「我要請你幫個忙，不過不是像上午那麼糟糕的事。」海蒂有些焦慮地解釋著，因爲賽巴斯汀的態度似乎還在爲她早上灑了一屋子墨水的事生氣。

「當然，不過我想知道你爲什麼用這樣的語氣跟我說話？」賽巴斯汀仍扳著面孔問。

「羅特邁爾女士要求我這麼做。」海蒂說。

賽巴斯汀聽了之後，笑了出來，這讓海蒂有些困惑，因爲她不知道自己說的話有什麼好笑。不過，當賽巴斯汀知道這孩子不過是依命行事時，便親切地問：「那麼小姐，您需要我幫什麼忙呢？」

海蒂聽到塞巴斯汀這麼稱呼她時，換她生氣的說：「我的名字不叫小姐，我是海蒂。」

「這我知道，不過那位女士要求我稱呼你小姐。」賽巴斯汀解釋著。

「她啊？噢，那麼好吧。」海蒂順從地說著，對她而言，只要是羅特邁爾女士說的句句都是命令。

「這麼一來，我有三個名字了。」她嘆了口氣。

「那麼，小小姐要我幫什麼忙呢？」賽巴斯汀繼續朝餐廳的方向走去，準備將茶具放好。

「窗戶要怎麼開呢？」

「噢，就像這樣！」賽巴斯汀用力推開其中一扇窗。

海蒂跑到了窗戶旁，不過還是無法看到窗外，因爲她的高度只到窗檯。

「來，這麼一來，小姐就可以看到窗外了。」賽巴斯汀拿了把高板凳過來。

海蒂爬了上去，以爲自己終於可以看到藍天青山，不過卻非如此，她一臉失望。

「怎麼會這樣，除了石子路，什麼都沒有。」她難過地說，「另一邊的窗子能看到什麼呢，賽巴斯汀？」

「和這裡沒有兩樣。」他告訴她。

「那麼，在哪裡才能見到整片山谷呢？」

「那要到高塔上去，就像那座上面有個金球的教堂。」

海蒂隨即跳下椅子、穿過門、奔下樓、跑到街上。然而，事情並沒有她想的那麼容易。從窗戶望去，那高樓看起來那麼近，彷彿只要過了馬路就到了，但其實不然，儘管她走過了長長的街道，仍然沒有稍微接近一點，不一會兒，她已經完全看不見它；她轉到下一條街道，又轉到下一條……，卻還是不見那高塔。她經過了無數的人群，但是街上的人行色匆匆，似乎沒人有空告訴她該往哪個方向走。突然間，她發現一個背著手搖風琴、手上抱著一隻有趣的動物的男孩站在街角。海蒂便問他：「你知道那座上方有個金球的高塔在哪兒？」

「我不知道。」

「那麼有誰知道嗎？」

「我不知道。」

「那你還知道哪裡有尖塔的教堂嗎？」

「我知道有一間。」

「你帶我去。」

「先讓我看看你要拿什麼跟我交換？」男孩伸出了手。

海蒂掏了掏口袋，拿出一張有個紅玫瑰花環圖樣的卡片，她看了好一會兒，似乎不太捨得將它送人；那是克拉拉今天上午親手做的卡片——不過，爲了要看一眼山谷和可愛的綠色森林！海蒂遞出卡片，「這可以嗎？」男孩將手放下，並搖了搖頭。

「那麼你要什麼東西呢？」海蒂收回卡片時，倒鬆了口氣。

「錢。」

「我沒錢，不過，克拉拉有。我想她應該會願意給我一些，你要多少錢呢？」

「兩個銅幣。」

「走吧。」二人隨即出發。

海蒂邊走邊問他身上背的是什麼樂器。他告訴她這是手搖風琴，只要旋轉把手，便會發出優美的樂聲。突然間，他們發現自己正站在一座有尖塔的老教堂前，男孩說：

「我們到了。」

「但是要怎麼進去呢?」海蒂看著那扇緊閉的門問著。

「我不知道。」他回答。

「要像找賽巴斯汀那樣按鈴嗎?」

「我不知道。」

海蒂趨前使勁地按著門鈴。「我上去的時候,你會在這裡等我嗎?我不知道怎麼走回去。」

「你會付我什麼?」

「你要什麼呢?」

「再給我兩個銅幣。」

這時,他們聽見教堂裡傳來鑰匙轉動的聲音,緊接著有個人推開這扇厚重且喀吱作響的門,一位老先生走了出來,看到這兩個孩子時愣了一下,緊接著便生氣地喝斥:「你們按鈴做什麼?難道你們看不懂那門鈴上面寫著『上塔頂專用』?」

男孩不發一語地指著海蒂。

海蒂回答:「但是,我眞的想到塔頂。」

「你要到塔頂做什麼？」老先生說，「有人帶你來嗎？」

「沒有，」海蒂回答，「我想到塔頂上面看看山谷的景色。」

「馬上回家去！下次再惡作劇，你們就吃不完兜著走。」說畢，他便轉身，作勢要將門關上。海蒂這時抓住他的外套並乞求著說：「請讓我上去嘛，一次就好。」

老先生回過頭，海蒂懇求的眼神動搖了他的心意；於是他牽起她的手親切的說。「好吧，如果你眞的這麼想上去的話。」男孩在教堂前的台階坐下來等候。老先生牽著海蒂的手，踩著無數階梯上塔頂；愈接近塔頂，階梯就愈窄，終於到達最後一階。老人將海蒂抱到那扇開啓的窗子旁。「就是這裡，現在你可以往下看了。」他說。海蒂只看到無數的屋頂、尖塔和煙囪；她隨即將頭伸了進來，失望地說：「這和我想像的完全不同。」

「懂了吧，像你這麼小的孩子是不會懂得欣賞這樣的風景的！下樓吧，以後別再來了！」

走下台階後，往左邊愈來愈寬廣的地方是管理員的房間，另一側則與傾斜屋簷相連，盡頭處擺著一只大籃子，籃子前坐了一隻正朝他們大聲喵喵叫的大灰貓，牠這麼叫是想要警告那些路過的人們不要碰觸牠的孩子。海蒂停下腳步吃驚地望著牠，因爲她從

老人告訴站在塔頂的海蒂可以盡情看腳下的風景。

沒見過那麼大隻的貓。由於老教堂裡躲著像好幾個軍隊那麼多的老鼠，因此一個晚上抓上半打老鼠來當晚餐，對於這隻貓咪來說一點困難都沒有。老人看到海蒂吃驚的樣子，慈祥的對她說，「有我在這裡，她不會咬你的。來，過來看一下小貓咪。」

海蒂走近籃子一探，興奮地說：「噢，多麼可愛的小貓咪！可愛的小貓咪。」她不停地讚嘆著，在籃子周圍跑來跑去，不想漏掉任何一隻，七、八隻逗趣可愛的貓咪在籃子裡翻滾著，一隻疊著一隻。

「你要不要養一隻嗎？」老先生歡喜地看著這孩子。

「給我嗎？」海蒂興奮極了，不敢相信自己竟然這麼幸運。

「是的，如果你想多養幾隻也可以——假如你有地方養的話，全部帶走也行。」若可以不費工夫將全部的貓咪送走，老先生也樂得輕鬆。

海蒂藏不住心中的喜悅。那麼大的屋子絕對會有足夠的空間養牠們，此外，當克拉拉見到這些可愛小貓咪時，將不知會有多驚喜。「不過，我要怎麼帶牠們回去呢？」海蒂問話的同時，已經動手抱起貓咪，這時母貓猛然地撲向她，讓她害怕地退了幾步。

「你住在哪裡，我幫你送過去。」老人邊說邊安撫母貓。母貓和他一起住在塔裡已經好幾年了。

「到賽瑟曼先生家，是一棟大房子，門上有個金黃色狗頭形狀的扣環，門鈴就在牠的嘴巴裡。」海蒂解釋著。

對於這位老先生來說，海蒂實在無需要如此詳細的描述，他負責看管這座高塔已經好幾十年了，這兒的街坊鄰居對他來說再熟悉也不過，此外，他和賽巴斯汀也十分熟識。「我知道。」他說。「不過，我什麼時候把貓送過去比較適當，應該交給誰呢？——我知道你不是他們家的小孩。」

「我不是，不過克拉拉見到貓咪一定會非常高興。」

老先生想要下樓了，但是海蒂還捨不得離開那群逗趣的貓咪。「我可以先帶一、兩隻貓回去！一隻給我，一隻給克拉拉，可以嗎？」

「好，等一等，」老人小心翼翼地先將母貓帶到他的房間，給了她一碗貓食，然後走出房間並關上門。「現在，選兩隻吧。」海蒂的雙眼充滿了喜悅。她挑了一隻白色，一隻黃白斑紋的貓咪，把牠們分別放在兩邊的口袋裡。接著便下樓了。那男孩還坐在台階上等候著，老人在他們背後關上了教堂的門。

她問男孩：「要怎麼到賽瑟曼先生家呢？」

「我不知道。」他回答。

於是，海蒂開始描述起那房子的大門、階梯和窗戶的樣子，男孩還是搖搖頭，不知道那房子在哪兒。

「那麼，你看這裡。」海蒂接著說。「若從窗戶的方向望去，你可以看見一棟非常大的灰色房子，屋頂的樣子就像——」海蒂用她的食指畫了一個鋸齒狀的圖案。男孩看到這裡便跳了起來，顯然他也用類似的方法來認路。海蒂跟著他朝前方跑去，不一會兒，他們就抵達門口置有大型狗頭狀扣環的屋子前。

海蒂按了門鈴，賽巴斯汀很快地開了門，一見到海蒂便說：「快進來！快進來！」海蒂急忙跑了進去，賽巴斯汀隨手將門關上，完全沒有注意到門口還站著個男孩。「快點，小小姐，」賽巴斯汀又說了一次，「直接到餐廳去，他們都已經坐好了，羅特邁爾女士的神情看起來就像個已經上膛的大炮。究竟是什麼事讓小小姐這樣跑了出去？」

海蒂走進餐廳裡。女管家沒有正眼看她，克拉拉也悶不吭聲，餐廳裡瀰漫著令人不安的靜默。賽巴斯汀推著椅子讓她坐下，這時，帶著凜冽面容的羅特邁爾女士嚴厲地說：

「我待會兒再跟你好好的談一談。不過，愛得萊德，你沒問過任何人就跑了出去，還在外頭遊蕩，像你這樣沒有禮貌的行爲，在這屋子裡可從沒發生過。」

「喵！」羅特邁爾女士話一說完，卻傳來了貓叫聲，彷彿是在回應著她。

這讓她火氣更大，她提高了分貝喊著，「愛得萊德，做錯事的人是你，你竟然還在開玩笑？」

「我沒有……」海蒂才開口……「喵！喵！」賽巴斯汀差點掉落手邊的碗盤並立刻衝出房間。

「眞是夠了！」羅特邁爾女士氣得完全說不出話來。「你站起來，馬上給我離開這裡！」

海蒂害怕地站了起來，還想做些解釋，但小貓又開始「喵……喵……喵……」

「海蒂。」現在克拉拉終於開口了。「你明明知道這麼做，會讓羅特邁爾女士更生氣，爲什麼還要一直發出喵喵的聲音。」

「不是我，是小貓。」海蒂終於把話說給說清楚了。

「什麼！你說什麼！小貓！」羅特邁爾女士尖叫著。「賽巴斯汀！綈奈特！找出那些可怕的小東西，把他們扔出去！」她立刻站起來、衝進書房，並且鎖上房門，以確保貓咪不會跑進去，無疑地，這些小貓對她來說是最可怕的東西。

賽巴斯汀在門後待了好一會兒，等到他笑夠之後才走進餐廳。他，早在服侍海蒂就座時，就已經看見有隻小貓從她的口袋裡探出頭來，也預料到一場好戲即將上場，因此，第一聲貓叫聲傳出時，他幾乎無法完成盤子的傳遞工作。也因此在羅特邁爾女士的呼救聲尚未停止之前，他就已經恢復鎮定。

現在餐廳裡已經恢復了平靜，克拉拉把貓咪放在膝蓋上，海蒂則跪坐在她身邊，兩個人開心地逗弄著那兩隻小動物。

「賽巴斯汀。」克拉拉喊著他。「你一定要想個辦法，幫我們找個羅特邁爾女士不會發現的地方給小貓住，她那麼怕貓，要是她發現的話，一定會馬上叫人把牠們丟掉；可是，我們好想養他們。你覺得可以放在哪裡？」

「我來想辦法。」賽巴斯汀十分樂意的答應。「我會幫牠們做個籃子，放在一個羅特邁爾女士找不到的地方。來，把貓咪交給我。」賽巴斯汀立刻著手去安頓牠們，不過，他只要一想到羅特邁爾女士會因此而發脾氣，就有些幸災樂禍。

時間一分一秒的過去，一直到接近就寢時間時，羅特邁爾女士才敢透過門縫，探頭問：「那些可怕的小動物都扔了嗎，賽巴斯汀？」

賽巴斯丁再次向她保證已經扔了，同時安靜且迅速地將小貓咪從克拉拉的膝蓋上抱走。

羅特邁爾女士原本要對海蒂所做的訓斥延到明天，因爲經過這一整天的惱怒、生氣和恐懼之後，她已經感到相當疲累，而這一切全是海蒂無意中惹出來的。在她不發一語地離開之後，克拉拉和海蒂也各自回到自己的房間，兩個人都十分歡喜，因爲她們知道小貓咪正安穩地睡在床上。

Chapter 8

大騷動

隔天一早，賽巴斯汀才將家教老師帶進書房時，又傳了一陣震耳欲聾的門鈴聲，賽巴斯汀匆忙地前去應門。「只有先生才會這樣按鈴。」他自言自語。「一定是他突然回來了。」開了門，卻只看到一個衣衫襤褸的男孩背著一只手搖風琴站在門口。「你這是什麼意思？」賽巴斯汀氣呼呼地說。「門鈴是讓你這樣按的嗎！你要做什麼？」

「我要見克拉拉。」男孩回答。

「你這個小無賴，難道你不知道要稱呼她克拉拉小姐嗎？你找小姐什麼事？」賽巴斯汀生氣地問。

「她欠我四個銅幣。」男孩說。

「你該不是瘋了吧！不過，你怎麼知道我們家小姐的名字？」

「她讓我帶她去了個地方，答應付我兩個銅幣。又讓我帶她回到這裡，所以她還要付我另外兩個銅幣。」

「你真是滿口謊言！小姐從不出門，她根本出不了門，怎麼可能需要你帶呢？」

男孩可沒被塞巴斯丁嚇跑，他語氣更堅定地說著：「我在這裡看過她，也可以告訴你她的樣子。她有短短的黑色捲髮，黑色眼睛，穿著咖啡色的衣服，說話的口音和我們不太一樣。」

「喔！」賽巴斯汀聽了之後，便笑了起來，「小小姐顯然地又再惡作劇了。」之後，他將男孩拉到屋裡，並說：「你在這等著，等到我叫你的時候再進來；不過，一進到房間，你就馬上拉手風琴；小姐她一定會非常高興的。」

賽巴斯汀敲了敲書房的門，裡面傳來：「請進。」「外頭有個男孩說，一定要親自跟小姐說些話。」

聽到這樣的新鮮事，克拉拉感到十分開心。「讓他馬上進來。」克拉拉說，緊接著又轉頭看了老師。「可以讓他進來嗎，他都已經這麼說了。」

男孩一進到房裡，便按著賽巴斯汀的指示，馬上演奏起手風琴。

羅特邁爾女士因爲不想再聽到任何與ABC有關的課，因此早就移到餐廳裡工作。這時，她突然停下了手邊的工作，「那樂聲怎麼聽起來這麼清楚！不過，書房裡怎麼可能會有音樂聲？」

她急忙地跑進書房，不敢相信她的雙眼。書房的中央站著一個衣衫襤褸的男孩，正賣力地演奏著曲子。家教老師似乎說了些什麼，不過，他的聲音完全被樂聲蓋住。兩個孩子正興高采烈地聽著。

「出去！馬上出去！」羅特邁爾女士尖叫著，但她的聲音也被樂聲所蓋過。她只好衝到那男孩身邊，但就在那時她看見有樣噁心東西朝著她爬來——可怕的烏龜。她嚇得跳了起來，使盡全力地喊著：「賽巴斯汀！賽巴斯汀！」樂聲這時突然停了下來，她的叫聲當然就蓋過了琴聲。而站在一旁偷窺的賽巴斯汀，簡直就要笑彎了腰。羅特邁爾女士這時已經攤在一旁的椅子上。

「把他們全都趕出去，那個男孩和那隻動物！馬上把他們趕出去！」她命令著。

賽巴斯汀將那男孩推了出去，而當他們走到門口時，他在他手裡放了一些硬幣。「這是克拉拉小姐給你的四個銅幣，而另外的四個銅幣是付你拉手風琴的費用。你表現非常好！」很快地，他便將前門關上。

現在的書房已經恢復了平靜，課程又重新開始。而這次羅特邁爾女士為了避免有更可怕的事，也留在書房裡。

不一會兒，又傳來一陣敲門聲，賽巴斯汀走了進來，說有個人送來個大籃子要交給克拉拉小姐。

「給我？」克拉拉驚訝地說，也好奇地想要知道裡面裝什麼。「馬上拿上來給我看一看。」

賽巴斯汀提了一個有蓋子的籃子進來。

「我想我們應該先上課，等到下課再打開那個籃子。」羅特邁爾女士說。

克拉拉猜不出裡面到底放了些什麼，眼神不斷瞄著那個籃子。語尾變化練習做到一半的時候，她突然停了下來並問老師：「在我繼續練習之前，可不可以先看裡面的東西？」

「在某些考量下，我同意你這麼做，不過，若從另一方面來看，我並不太贊成。」他說，「同意讓你先看一眼的原因是，你現在的注意力早被那籃子所轉移……」話還沒說完，籃子的蓋子卻已經鬆脫了，一隻、兩隻、三隻、緊接著還有兩隻、最後一隻，小貓咪全都從籃子爬了出來，在書房裡四處亂竄，牠們飛也似的跑著，看起來的感覺就像整間屋子都是貓咪。牠們踩到老師靴子咬著他的褲管；爬到羅特邁爾女士的裙襬，在她的腳邊翻滾著；跳上了克拉拉的椅子，牠們抓著、爬著、喵喵叫著不停。書房裡一團混亂。克拉拉看著嬉鬧著的貓咪，高興地尖叫不已。「噢，多可愛！多美！你看，海蒂，你看這隻；看！你看！那邊那隻！」海蒂興奮四處追著貓咪跑。家教老師則是站在一旁，不知所措，才剛從右腳趕走貓咪，左腳又來了另一隻貓咪。羅特邁爾女士則是害怕到完全說不話來，甚至不敢從椅子上站起來，她怕那些可怕的小動物會馬上跳到她身上。最後，當她終於可以發出聲音時，她才大喊著。「綈奈特！賽巴斯汀！綈奈特！賽巴斯汀！」這時，他們才跑進來，將一隻隻的貓咪抓進籃子裡，把牠們和昨晚的那兩隻放在一起。

今天的上課，還是和昨天一樣，從頭到尾沒有半個人打過呵欠。直到傍晚，羅特邁爾女士才逐漸從上午的慌亂平復，她將兩個僕人找來，詢問整件事的來龍去脈，海蒂就是整件事情的罪魁禍首，今天所發生的一切都要歸咎她。一開始氣得滿臉發白的羅特邁爾女士，完全不知道要怎麼宣洩她的憤怒。接著，她要綈奈特和賽巴斯汀二人退下，並轉向站在克拉拉身邊的海蒂，海蒂似乎還不太了解犯下了什麼大錯。接下來，羅特邁爾女士以冷峻的聲音說：「愛得萊德，或許只有把你關在只有老鼠及蟑螂的黑暗地窖裡，才可以讓你這個小野蠻人了解自己究竟犯了什麼錯，我倒要看看這樣是不是可以讓你不再繼續犯錯。」海蒂靜靜地聽著，對於羅特邁爾所說的處罰覺得很是意外，因爲她從未見過像她所描述的那種地窖。爺爺家的地窖既舒適又宜人，是用來儲存新鮮乳酪和羊奶。此外，她也從未見過老鼠和壁虎。不過，克拉拉卻難過的說：「不，不，羅特邁爾女士，請你等到爸爸回來之後，再決定要怎麼懲罰她；他很快就會到家，到時我們再將事情的經過告訴他，讓他決定。」羅特邁爾女士不能違背克拉拉的意思，況且賽瑟曼生就要回來了。她只好悻悻然地說：「就按你的意思，克拉拉。不過，有些話我是一定會告訴賽瑟曼先生的。」說畢，她便離開。

接下來的兩天過得十分平靜。不過，羅特邁爾女士的心中依然無法恢復平靜，她無法忘懷海蒂的那些頑劣的行爲。打從這孩子一進到這屋子，這屋子就被她搞得天翻地覆，而這一切似乎再也不能恢復原狀。但是，克拉拉卻變得比較快樂；上課的時間，她不再覺得乏味無趣，因爲海蒂總是不斷出差錯。她把學過的字母全都混在一塊。老師爲了幫助她記住字母，還把字母的形狀來比喻成動物的樣子，告訴她這個字看起來像隻角或是像小鳥的喙時，她總會爆出喜悅的聲音：「那是山羊！」、「那是鳥的嘴巴！」雖然老師所描述的圖案都讓她印象深刻，但她卻還是沒弄懂那些字母。

午後，海蒂通常會坐在克拉拉身邊，跟她說些山上的事情，然而在說話的同時，她想回山上的念頭便會排山倒海而來，因此到了最後，她總會說：「我該回去了！明天我就要回家！無論如何，我一定要回去！」而這時，克拉拉總會不斷地安撫著她，要她等到父親回來再作決定。唯一可以安慰海蒂，則是因爲她只要多留一天，便可以幫奶奶多留兩片白麵包。每天晚上，她總捨不得將盤子裡的白麵包吃掉，因爲她知道奶奶咬不動那些堅硬的黑麵包。

飯後，海蒂一個人在房間裡待上好幾個鐘頭，現在她終於明白法蘭克福不能再像從前山上一樣，老往外面跑。羅特邁爾女士禁止她和賽巴斯汀在餐廳說話，而綈奈特則從不跟她說話，海蒂當然也感受到那個女僕傲慢的神情和嘲諷的口吻。因此，海蒂每天都花很長的時間坐在房裡畫圖，畫出山上翠綠的色彩、在陽光底下閃爍的金色花朵、沐浴在暖陽下的白雪、岩山和寬廣的山谷，海蒂非常渴望回到山上。蒂特當初確實是這麼告訴她的，任何時候只要她想回到山上，就可以回去。有一天，海蒂終於忍不住了，於是她用紅色的披肩把全部的麵包都包了起來，戴上了草帽後，便走下樓。只不過，才走到大門時，便碰上剛去散步回來的羅特邁爾女士。

她站在那裡從頭到腳地打量了海蒂，特別盯了那袋紅色的東西好一陣子。緊接著，她說：「你爲什麼穿這樣？我不是告訴過你，不准再到街上遊晃嗎？你現在的樣子，活像個乞丐。」

「我沒有要出去遊晃，我是要回家。」海蒂害怕地說。

「你說什麼！回家！你要回家？」羅特邁爾女士吼著，她的怒氣正逐漸上升。「就這樣跑走！要是讓賽瑟曼先生知道了，那可怎麼得了！這裡可沒發生過這樣的事情。我倒想知道這屋子有什麼虧待過你！你現在過的生活，可比起從前好上了幾十倍？你還少了什麼東西嗎？你住過這樣大的房子、看過這樣的桌子嗎？有嗎？」

「沒有。」海蒂回答。

「我想也是。」這位的女士惱火地說，「你住在這裡，要什麼就有什麼。你這個忘恩負義的小傢伙；是不是這裡的生活太過舒適，才會讓你滿腦子都在想著下一步還要搞些什麼把戲！」

「我眞的只是要回家。我那麼久沒回去，小雪花一定又開始傷心哭泣了。奶奶也在等著我。我沒有把乳酪分給彼得，格林菲齊一定又經常挨揍。我再也看不到太陽公公向那些山脈道別了。要是那隻大老鷹飛到法蘭克福，牠一定會叫得更大聲，牠會告訴人們山頂才是最好的地方。」

「老天爺，這孩子瘋了！」羅特邁爾女士喊著，轉過便快步上樓，慌慌張張的她一頭撞上賽巴斯汀。「快，快去把那個可憐的孩子帶上來。」她揉著剛才被撞疼的額頭。賽巴斯汀也正揉著自己的頭，因爲他方才被撞得這一記更猛。

海蒂不願上樓，狂亂的心情，讓她的雙眼發熱，全身顫抖不已。

「怎麼了，又惹了什麼麻煩？」賽巴斯汀親切地問著。他輕拍了她的肩膀說：「好啦，好啦，不要難過；要打起精神才對啊！我的頭剛才幾乎快被她撞破，你該不會被她嚇壞吧。」然而，海蒂還是不肯上樓。「上樓吧！這是她的命令。」這時，海蒂才緩慢地移動著腳步，這和她平日的行爲大爲迥異。

賽巴斯汀看到她這付模樣也感到十分難過，因此，他便一路跟著她上樓，且不斷地鼓勵著她：「不要難過了！你可千萬別被她嚇壞了！我們最勇敢的小小姐到這兒，打從一開始可從沒掉過一滴眼淚呢，今天怎麼會這麼傷心呢。那些小貓咪很喜歡牠們住的地方喔；成天跳個不停，瘋狂地不得了。等一會兒，羅特邁爾女士出去的時候，我們一塊上去看看牠們，好不好？」海蒂點了點頭，不過，賽巴斯汀依舊感受得到她的不快樂，他不捨地看著她緩步地走進自己的房裡。

那晚，羅特邁爾女士悶聲不響地坐在餐桌前，不過，她依舊監督著海蒂的一言一行，深恐她在下一分鐘又會做出什麼驚人之舉。然而，海蒂卻只是呆坐在那兒，除了迅速地把麵包藏到口袋外，什麼也不肯吃。

隔天，家教老師來的時候，羅特邁爾女士便將他帶到一旁，告訴他海蒂可能是因爲不適應這裡的環境，腦子變得有些不太正常；還跟他說了昨天發生的一切，以及海蒂怪異的言語。但家教老師要她不用太擔心，並說這孩子某方面確實不太一樣，但他確定她的腦子相當正常，他相信只要好好地教導，很快地就可以導正她，而那正是他所努力的方向。聽到老師這麼說之後，羅特邁爾女士便鬆了口氣。

下午上課的時候，那位女士突然想起了海蒂昨天的那身裝扮，便決定要拿些克拉拉的衣裳給那孩子穿，好讓賽瑟曼先生有個好印象。她問了克拉拉的意思，克拉拉十分樂意將自己的衣服和帽子送給海蒂。於是，這位女士便上樓去看那孩子的衣服、看一看哪些要丟掉或留下。然而，不一會兒，她就鐵青著臉回來。「到底是怎麼回事，愛得萊德，你衣櫥裡的那袋東西是什麼！」她喊著，「怎麼會有你這樣的孩子！衣櫥就是用來放衣服的地方，愛得萊德，你的衣櫥裡面怎麼會有一堆麵包！你相信嗎，克拉拉，把麵包放在衣櫥裡！整堆的麵包！綈奈特！」她喊著。「上去將愛得萊德衣櫥裡的那堆麵包和草帽拿去丟掉。」

「不！不要！」海蒂尖叫。「帽子我要留著，麵包是要給奶奶的。」她連忙趕去制止綈奈特，但卻讓羅特邁爾女士給攔住。

「你給我留在這裡，那些麵包和垃圾一定要丟掉。」她堅決地說著。

海蒂絕望地跌坐在克拉拉的椅子上，緊接著便縱聲大哭。她悲傷地大哭著，並不時地嗚咽地說：「奶奶的麵包沒有了！那是要給奶奶的，可是現在都沒了，奶奶沒有麵包可以吃了。」她的心彷彿已經碎了。

克拉拉感到十分難過，擔心地看著海蒂。「海蒂，海蒂！」她乞求地說著。「你不要哭成這樣！你聽我說，不要難過，我保證你回家的時候，我一定會讓你帶更多的新鮮麵包給奶奶。你的麵包放到那時候都已經硬梆梆的，而且一點都不新鮮了。好了，海蒂，不要再哭了！」

海蒂一直哭個不停，若不是克拉拉安慰她又答應要給他新鮮麵包的話，她根本就不可能停止哭泣。爲了確定克拉拉說的是眞的，她不斷地問著，到了最後，啜泣聲才逐漸停止。「你眞的會給我那麼多的麵包嗎？」

克拉拉再三保證：「比原來的還要更多。」她又說，「你不要難過了。」

晚餐的時候，海蒂哭過的雙眼仍紅腫著，當她一看到麵包時，便又忍不住地想哭。不過，她很努力地忍住了，因爲她知道在餐桌上不能發出聲音。晚餐時，每當賽巴斯汀和她的眼神一有交會，他便會做出奇怪的動作，一會兒比著自己的頭，一會兒指著她的，不斷地點著頭，彷彿在說：「不要難過！它還很安全喔。」

夜裡，當海蒂準備睡覺的時候，她發現那頂舊草帽還藏在被子底下。她將它拿了出來，帽子被壓得更扁了，但她還是十分欣喜，她用披肩將帽子先包起來，之後便將它塞到衣櫥最角落處。那是賽巴斯汀偷偷幫她藏起來的，晚餐時的怪動作就是要告訴海蒂這件事。下午當羅特邁爾女士喊著綈奈特的時候，他正在餐廳裡，他知道事情的來龍去脈，也聽到那孩子正嚎啕大哭。因此，當綈奈特從海蒂的房間拿出麵包和帽子時，他便搶過了那頂帽子說：「我想看看這個舊東西。」他很高興可以幫海蒂撿回這頂帽子。

Chapter 9

從未聽過的新鮮事

數天後，賽瑟曼先生家又忙碌了起來，僕人們在屋裡、樓上樓下忙進忙出。主人回來了，賽瑟曼先生每次返家，總會帶回一大堆的東西。現在，賽巴斯汀和綈奈特正忙著將一箱箱的行李從馬車上搬下來。賽瑟曼總是一下車，便迫不及待地跑去看女兒。海蒂坐在克拉拉身邊，每天下午，這兩個孩子總在一起。父女倆親切地問候著，他們的感情向來十分融洽。緊接著，他向一旁的海蒂伸出了手，親切地問候：「這位一定是從瑞士來的小小姐；來，跟我握握手！很好！現在告訴我，你們兩個是不是好朋友，會不會吵架？是不是吵過、哭過之後又合好呢？」

「不會，克拉拉對我很好。」海蒂說。

「而且，」克拉拉很快地說。「我們從來沒有吵過架。」

「這樣很好，我很高興你們處得這麼好。」賽瑟曼說完便站了起來，「克拉拉，我想先去吃點東西，待會兒，再拿我帶回來的禮物給你們看。」

羅特邁爾女士正在餐廳裡張羅著他的晚餐。他才一坐下，滿臉愁容的她便在他面對坐了下來他問她：「有什麼事情嗎，羅特邁爾女士？你用這種表情歡迎我，可要把我嚇壞了。發生了什麼事？克拉拉看起來好像還滿快樂的。」

「賽瑟曼先生。」羅特邁爾表情嚴肅地說著，「是關於克拉拉的事；我們全都受騙了。」

「是怎麼回事？」賽瑟曼先生喝了口紅酒後問著。

「我們當初決定要幫克拉拉找個伴，你還記得吧，當初你最在意的就是要找個乖巧良善的孩子來陪伴她，因此我才會想要找個瑞士來的小姑娘。書上不都寫著那裡的孩子自小在空氣清新的山林裡長大，過的生活也是一塵不染的嗎？」

「我想就算是瑞士的孩子，也是得踩著地板走路。」賽瑟曼先生說，「難不成他們都長了翅膀。」

「噢，賽瑟曼先生，你應該了解我的意思，」羅特邁爾女士接著又說，「我是說在高山上那麼單純環境裡長大的孩子，他們的行爲舉止一定典範。」

「這樣的孩子對克拉拉有什麼幫助呢，羅特邁爾女士。」

「我並不是在開玩笑，賽瑟曼先生，這件事情比你想像的還要來得嚴重。」

「爲什麼？我不知那孩子哪裡嚇人。」賽瑟曼先生冷靜地說著。

「你不曉得你不在的這段期間她做了什麼樣的事情，帶了什麼樣的人和動物回來！家教老師應該可以說明得更清楚。」

「動物？什麼動物？」

「那個孩子的行為，已經遠遠超出正常人能理解的範圍了，她的精神不正常。」

賽瑟曼先生之前一直不太理會她所說的話，不過一聽到——精神不正常！這可就嚴重了，這很有可能會影響了他的女兒。賽瑟曼先生仔細地觀察著他面前的這位女士，好確定眞正有問題的人是誰。就在此時，家教老師來到了。

「噢！老師，您來了。」賽瑟曼先生說。「您應該可以釐清事情。請坐，一起喝杯咖啡吧，別客氣。不過，現在請您告訴我，那個孩子到底有什麼問題？我聽說她做了件奇怪的事，還把動物帶到家裡，她的精神狀況到底正不正常？」

家教老師原本是為了要表達對賽瑟曼先生返家的歡迎之意，不過，賽瑟曼先生卻希望他可以馬上告訴他關於海蒂的一切。「假使我一定得評論這個小女孩的話，首先我必須聲明，對於一個在山林裡長大的孩子來說，在那樣的環境裡，因為缺乏了足夠的照顧或教育，而使得他學習的速度較為緩慢的話，其實也不見得就是壞事；有時候，那反而會意想不到的好處，只要那時間不是太長的話——」

「親愛的朋友。」賽瑟曼先生打斷了他，「你把事情說得太複雜了，我只是想要知道，那孩子把那些動物帶進屋子的時候，是不是也讓你嚇壞了。此外，讓她來陪伴我的女兒，究竟適不適合？」

「我不希望去影響你對她的觀感，這很有可能是因爲她才剛搬到法蘭克福，對於這裡的環境還不太熟悉。從另一個角度來看，她其實有不錯的資質，而在整體的表現上……」

「請原諒我，親愛的老師，不用把事情說得太複雜，我想我該……我想克拉拉應該已經在等我了。」語畢，賽瑟曼便快步地離開餐廳。

到了書房後，他在女兒的身邊坐下，接著便轉身跟海蒂說：「小朋友，請幫我一個忙。」他停頓了一會兒，因爲實在想不出要她幫什麼忙，不過，他又希望可以和女兒獨處，「你去幫我倒杯水。」

「新鮮的水嗎？」海蒂問。

「對……對……」他回答。

海蒂隨即離開。

「那麼，親愛的小克拉拉，」他拉了張椅子過來並握住她的手。「現在清楚地回答我的問題：那孩子究竟帶了什麼動物回家？爲什麼羅特邁爾會說她精神不正常？」

克拉拉回答了父親。羅特邁爾雖然說過海蒂說話的態度過於粗鄙，不過，克拉拉並不這認爲。此外，她向父親說了烏龜和貓咪的事情，並解釋著海蒂那天究竟說了什麼話，才會讓羅特邁爾女士如此恐懼。賽瑟曼先生聽了之後，便發出了會心的一笑。

「那麼，你希望我把她留下來。」他問。「不會感到厭煩嗎？」

「噢，不會，不會。」她說。「千萬不要把她送走。海蒂來了之後，時間過得好快，而且每天都會發生一些新鮮的事，以前的生活無聊透了，而她總有許多好玩的事可以告訴我。」

「那就好……小朋友你回來了，你幫我倒了新鮮的水嗎？」他問。

「是的，是剛剛打起來的水。」

「難道是你自己去打水的嗎？」克拉拉問。

「是啊！眞的很新鮮。走到第一個水井時，那裡排了好多的人，我只好去下一口水井，不過，那裡的人也很多，因此，我又走了一條街才打到水，那裡有一個白髮的爺爺，要我替他跟賽瑟曼先生問好。」

「你剛剛完成了一項成功的遠征。」賽瑟曼先生笑著說，「你說的是那個爺爺，是誰呢？」

「他剛好經過那裡，一看到我便停下問我說：『你手上的杯子可以借我喝杯水嗎？你要裝水給誰呢？』我回他：『賽瑟曼先生』他便開心地笑了，並要我帶著口信給你，還要請你享用這杯水。」

「噢，告訴我他長什麼樣子。」賽瑟曼先生說。

「他很親切又充滿笑容，脖子上帶著粗粗的金鍊，鍊子上有個鑲著紅色大寶石的墜子，他的枴杖上面有個馬頭圖案。」

「是醫生。」克拉拉和他的父親幾乎是在同一時間猜了出來。

那天晚上，賽瑟曼先生和羅特邁爾女士談論著家中瑣事時，他告訴羅特邁爾將海蒂留下來，他認爲這個孩子很正常，此外，克拉拉也希望她留下來。「因此，我希望。」他強調著。「你能好好地照顧這孩子，即便她有較爲怪異行爲，其實不應該把那歸爲錯誤。假使你一個人照顧起來太累，我會找我母親來幫忙，她應該會到這兒住上一陣子，而你應該知道，她不論和誰都可以處得很好。」

「噢，是的，我知道了。」羅特邁爾女士回答，只不過從她的語氣裡，完全聽不出對於賽瑟曼夫人來訪的喜悅。

賽瑟曼先生這次停留的時間相當短暫，不到二個星期，他便又啓程到了巴黎。克拉拉不太能忍受父親才剛回來又要離開，不過唯一值得安慰的是祖母幾天後的到訪。賽瑟曼先生剛離開，賽瑟曼夫人就來了封信說她隔天會到達法蘭克福。聽到這消息，克拉拉欣喜若狂，整晚都不停地說著關於祖母的事，因此海蒂也跟著稱她爲「奶奶」，這讓羅特邁爾女士相當不悅；不過，海蒂並不是太在意，因爲她早就已經被列入這位女士的黑名單裡了。那天晚上，當她要回房的途中，羅特邁爾女士又將她攔下，並把她叫進自己的房間裡，告訴她應謹記哪些禮儀，並要她絕不可以稱賽瑟曼夫人爲「老奶奶」，而是要稱她爲「夫人」。海蒂一臉茫然，她雖然無法理解，但看到羅特邁爾女士嚴厲的神情，便不敢再多問了。

Chapter 10

賽瑟曼奶奶

到了第二晚，大夥兒都在期待著奶奶的到來，全屋子的人馬不停蹄地準備著，這位奶奶想必是位地位崇高、受人尊敬的人物。綈奈特特別換上了一頂嶄新的白帽，賽巴斯汀則在屋內的每個角落都擺上板凳，這麼一來，無論奶奶坐在哪個位置，都可以找到墊腳用的凳子。羅特邁爾女士挺直腰桿，巡視屋內的每個角落，彷彿是在說，她在這個家裡的權威是絕對不會讓任何人給比下去的。

就在此時，奶奶的馬車已經抵達門口，綈奈特和賽巴斯汀馬上趨前迎接，羅特邁爾女士踩著緩慢的步伐走在最後頭。羅特邁爾女士要海蒂留在樓上的房間不准出來，必須等到有人喊她，她才可以出來，因爲奶奶到這兒來，一定是想先好好地看看克拉拉。海蒂坐在房間的一角，不停地默念著那些新規定。不過，才一會兒，綈奈特便探頭喊著：「快到書房。」海蒂不敢再問羅特邁爾女士究竟該如何稱呼奶奶才對，她猜想這會不會是羅特邁爾女士弄錯了，這裡的人似乎都不喊別人眞正的名字。

她一打開書房的門，便聽見一股慈祥的聲音說：「噢，這孩子來了！過來這裡，讓

我好好地看看你。」這時，她依照新規矩喊她『夫人女士』。
「喔！」奶奶笑著說：「這是你們在山上的用語嗎？」
「不是。」海蒂認真的回答。「我從沒聽過這樣的名字。」
「我也沒聽過啊！」奶奶輕輕地拍了拍海蒂的臉頰，笑著說：「沒關係！小朋友們都喊我奶奶，你也喊我奶奶吧？」
「我在山上的時候，也都是這麼稱呼的。」
「我了解。」奶奶微笑地點著頭。她端看著海蒂且不時點頭稱道，孩子也專注地望著她，這位奶奶既慈祥又親切，海蒂好喜歡她。奶奶的舉手投足深深地吸引著她，因此她的雙眼一直無法從奶奶身上移開。奶奶有一頭美麗的銀髮，每當她移動時，帽子兩側的蕾絲長緞帶隨著優雅地飄動，彷彿微風吹過，海蒂覺得十分特別，因此更加歡喜。
「那你叫什麼名字呢，小朋友？」
「我一直都叫做海蒂，不過，到這裡之後，應該已經改爲愛得萊德，我會盡量……」海蒂頓了一下，心中有些罪惡感。她似乎還沒有開始習慣這個名字，特別是每當羅特邁爾女士喊她愛得萊德時，她經常不知道是在叫自己。
這時，羅特邁爾女士剛好走進房裡。「賽瑟曼夫人，我想你也會贊同我。」她接著說，「我們總得幫她取個比較適當的名字。」

「羅特邁爾，」賽瑟曼夫人說。「如果這孩子本來就叫海蒂，也已經習慣了這個名字的話，我想就叫她海蒂吧。」

羅特邁爾女士對於這位老婦人向來直呼她的姓氏感到十分生氣，卻也莫可奈何，因爲老奶奶就是這樣我行我素。此外，奶奶也是個十分敏銳的人，才踏進這屋子，就已經察覺哪裡不對勁了。

隔天用餐後，克拉拉一如往常躺在椅子休息，奶奶在她身邊稍事休息後，逕自走到餐廳，不過，那裡並沒有半個人影。「她可能在睡覺吧。」她喃喃自語，之後便走到羅特邁爾女士的房門前，用力地敲敲門。數分鐘後，羅特邁爾女士開了門，當她發現門外站的人是奶奶時，驚訝地退了好幾步。

「那個孩子在哪？這個時間她通常在做些什麼？」賽瑟曼夫人問。

「她在自己的房間裡，待在那裡，她至少可以好好想一想該如何讓自己變得有用些。賽瑟曼夫人，你不知道那孩子的想法有多奇怪，行爲也怪異地不得了，那些行爲我簡直說不出口。」

「如果我是那孩子，整天只能關在房裡，應該也會變得跟她一樣吧！去，把那孩子帶到我的房間，我帶了很多書來，可以送她一本。」

「那可眞是太浪費了，」羅特邁爾女士一臉惋惜地說，「書對她來說有什麼用呢？她上了那麼久的課，連最基本的ＡＢＣ都還學不會。這些還是讓家教老師親自跟你說吧。那些字母對她來說根本一點意義都沒有，若不是老師擁有天使般的耐心，根本早就可以放棄她了。」

「這太奇怪了。」賽瑟曼夫人說，「她看起來一點兒都不像是個沒有學習力的小孩。不過，你還是去把她帶來，至少她可以看看那些圖片。」

羅特邁爾女士原本還想多說些有關這孩子的問題，可是，奶奶已經轉身走回自己房裡。聽到海蒂有學習的障礙，讓她感到些許意外，因此決意要找出問題的癥結，但她並不打算透過詢問老師的方式來了解，奶奶雖然對於老師耿直的特質非常尊敬，也總是親切的與他打招呼，不過卻盡量避免談話，因爲老師慣有的迂迴轉折說話方式，總是很快地就讓人感到厭煩。

海蒂來了，她那雙圓滾滾的眼睛充滿了喜悅，不知道奶奶將會拿出什麼樣的書本來。當那孩子一打開書本，盯著第一張圖片才約莫一兩秒鐘，眼淚便滾了下來，最後開始嗚咽、啜泣。奶奶看了圖片一眼——一片青色的草原，散布著許許多多的小動物，有幾隻正齧咬著灌木叢葉，中央的位置則站著一個牧羊人。太陽正沒入地平線，整片草原沐浴在金黃色的陽光下。

奶奶握著海蒂的手說：「不要哭，親愛的孩子，別哭。」她說。「是不是這張圖片讓你想起了什麼，你知道嗎，這張畫敘述的是一則美麗的故事，今天晚上我可以說這個故事給你聽。書中還有許多好看的故事，都是可以一讀再讀、一說再說的喔。來吧，我們先來聊一聊，你把眼淚擦乾，站到我前面來，讓我好好地看看你——來，我們現在又恢復快樂了。」海蒂仍然哭個不停，奶奶繼續安慰著她。

「好了，不哭了。」當海蒂終於停止哭泣時，奶奶問。「現在，你告訴我，你喜歡上課嗎？有沒有學到很多事情？」

「噢，沒有！」海蒂嘆了口氣。「不過，我從以前就知道我是學不會的。」

「爲什麼你認爲自己學不會讀書呢？」

「因爲讀書太難了。」

「不可以這麼說！這是誰說的？」

「彼得說的，因爲他已經試了又試，但還是一樣學不會。」

「彼得眞奇怪！不過，聽著，海蒂，我們不能因爲彼得這麼說，所以就這麼想，我們必須自己去嘗試。我想一定是因爲你不夠專心才學不會。」

「沒有用的。」海蒂認命地說。

「你聽我說。」奶奶接著說。「你學不會ＡＢＣ，是因爲你太相信彼得所說的話；但是現在你要相信我說的話——你一定可以在很短的時間內，就和其他小孩一樣學會認字，你要做你自己，而不是像彼得一樣。只要你學會認字，我就把這本有牧羊人和小動物圖片的書送給你，到時候，你就可以自己讀懂這一篇和綿羊、山羊有關的故事，以及牧羊人做了什麼、遇上了什麼好運，你也想知道他們到底發生了什麼事情吧？」

海蒂非常認眞地聽著奶奶說話，她嘆了口氣說：「噢，要是我現在就會讀書，那該多好！」

「我看得出來，不需要太久的時間，你就可以學會認字。好了，現在我們到克拉拉那兒。把你的書本帶著。」兩個人手牽著手走到書房。

自從海蒂想跑回山上，卻被羅特邁爾女士撞見，並在樓梯間大聲斥責她是多麼的差勁及忘恩負義的那天起，這孩子已經變得不一樣了。那天她終於明白這一切並非如蒂特當初所說，她回不了家了。而且必須在法蘭克福待上好長、好長的時間，說不定一輩子都要留在這裡。她明白假使她又想離開這裡的話，賽瑟曼先生一定會認爲她是個忘恩負義的人，奶奶和克拉拉也會這麼認爲。因此，她不敢跟任何人吐露她渴望回家的心情，她不敢告訴奶奶，她不希望因爲任何的原因，惹惱了這位好不容易才出現的慈祥奶奶。然而，這孩子內心所受的煎熬卻愈來愈深，以至於她幾乎吃不下任何的東西，臉色也一天比一天蒼白。夜裡，她無法入睡，因爲只要一躺在床上，思鄉之情便會朝她襲來，陽光灑落滿山花海的景象，便會再度出現在她的眼前。即便終於睡著了，夢中仍是黃昏時那片玫瑰紅的岩山和覆雪。清晨醒來，她往往以爲自己正睡在山上小屋裡，雀躍地想要衝進陽光裡。但，就在那時，她才清楚自己其實是躺在離家數百里遠的法蘭克福大床上。這時，海蒂往往會將自己的臉深深地埋在枕頭，靜靜地哭上好一陣子，不讓任何人發現。

不過，海蒂的心事並沒有躲過奶奶的雙眼，她觀察了好幾天，想要看看這孩子是否會變得開朗些。然而，情況一直沒有改善，好幾個早晨，她發現海蒂下樓時，臉上都還帶著剛哭過的痕跡。有一天，她又把海蒂叫到自己的房裡，將那孩子拉到身邊說：「告訴我，海蒂，到底發生了什麼事？你遇上了什麼問題嗎？」

海蒂擔心一旦她說出實話，奶奶會認爲她忘恩負義，而不願意再對她好，因此她回答：「我不能說。」

「那麼，你告訴克拉拉好嗎？」

「不，我不能跟任何人說。」

海蒂愁容滿面，態度卻十分堅持，讓奶奶非常地不捨。「那麼，親愛的孩子，我告訴你應該怎麼做吧：當我們遇上問題，卻沒有對象可以傾吐，我們會向上帝祈禱，祈求祂幫助我們，因爲祂能使我們遠離苦難。你了解嗎？每個夜晚，你有沒有祈禱，感謝親愛的天父爲你所做的一切，並祈求祂不要讓你受到惡魔的侵犯呢？」

「不，我從不禱告。」海蒂說。

「有人教過你怎麼祈禱嗎，海蒂？你懂祈禱的意思嗎？」

「很小的時候，我曾經和外婆一塊兒祈禱，那已經是很久以前的事了，已經不記得了。」

「海蒂，這就是你爲什麼不快樂的原因，因爲你不知道有誰可以幫助你。想一想，祈禱可以讓你心中的痛苦消失，而你也可以向天父傾吐每一件事，那是多麼令人欣慰的一件事，祈求祂賜與你別人所無法給予的幫助。祂會幫助我們，並讓我們再度獲得快樂。」

海蒂的眼裡突然出現喜悅的光芒。「我可以跟祂說全部的事嗎？」

「是的，全部的事，海蒂，什麼事都可以。」

海蒂隨即將自己的手自奶奶緊握的雙手中抽回，很快地說：「我可以回房間嗎？」

「當然可以。」奶奶應允著。

海蒂快步地跑回自己的房間，雙手緊握，開始向上帝傾訴讓她變得不快樂的每一件事，並虔誠地祈求上帝讓她早日回到山上。

一星期後的某一天，家教老師有一件特別的事要告訴賽瑟曼夫人。她伸出雙手歡迎，爲他拉出了一張椅子。「很高興見到你。」她說。「請坐，你要說的事；該不會是壞事或抱怨吧？」

「完全相反，」家教老師開始說，「一件幾乎要被放棄的事竟然成眞了，沒有人知道究竟發生了什麼事，或許只能說是奇蹟，不過，它眞的發生了，而且是以一種相當不可思議的方式，沒有人可以預料到這……」

「這孩子終於學會認字了嗎？」賽瑟曼夫人插了話。

家教老師訝異地看著這位女士，完全說不出其他話來。過了一會兒，他才繼續說：「那實在太不可思議，奇怪的是之前就算我多麼努力，多麼詳盡地爲她解釋那些字母，她就是無法理解，就在我下定決心想要放棄時，她竟然開始進步神速，只要教過她一次，隔天她就可以正確無誤地讀出。你能想像我有多麼地驚訝。」

「天底下當然會有些意料之外的事，」賽瑟曼夫人笑著說，「二者相輔相成，終於有了好的結果，比方說，積極學習的熱誠，再加上新的教學方式。無論如何，我們都很高興見到這孩子有這樣進步。」

與老師談完之後，她走到書房，想要親自驗證一下這個好消息。海蒂坐在克拉拉旁邊，正大聲地朗讀著，她自己也感到驚喜及興奮，這些黑色的字母這會兒已經幻化成人、事、物以及有趣的故事。

那天晚上，當她坐到餐桌前時，發現那本有著美麗圖案的大書已經擺在她的餐盤。她看著奶奶，奶奶慈祥地對她點點頭說：「是的，這本書現在已經是你的了。」

「我的，永遠都是我的嗎？就算以後回家也是我的嗎？」臉頰泛紅的海蒂開心地問。

「當然，永遠都是你的。」奶奶向她保證，並說：「明天起，我們就可以開始讀這本書。」

「但是海蒂你還不能回去。」克拉拉說。「奶奶回家之後，我希望你繼續留在這裡陪我。」

那夜，海蒂回到自己房間睡覺時，她又看了一次那本屬於她自己的書。從那天起，她最大的快樂便是一次又一次地翻閱那本印有美麗圖片的故事書。她們併坐在一起的夜裡，只要奶奶說：「現在由海蒂爲我們大聲地朗讀。」海蒂便會高興地讀著。現在對她而言，讀書已經不再是件難事。當她大聲朗讀時，書中描述的景象似乎更加清晰美麗，而奶奶也會在一旁爲她解說。她最喜歡的圖片是牧羊人帶領羊群在青草原上走著，即將快樂抵達家門口的那幅。第二張圖是牧羊人離開父親的屋子去看顧豬隻，脫下外衣的他有些蒼白和瘦弱，圖裡的太陽不很明亮，四周看起來灰茫一片。第三張圖則是老父親伸出雙手，環抱著他那穿著破舊外套、步伐蹣跚且神情憔悴剛返家的兒子。這是海蒂最喜歡的故事，她總是一看再看，有時候大聲朗誦，有時則在心中默唸。日子在享受閱讀的樂趣中不知不覺地過去了，距離奶奶即將回家的日子也越來越接近。

Chapter 11

有失必有得

奶奶來訪的那段期間，每天飯後都會先陪伴克拉拉。當克拉拉準備休息，羅特邁爾女士也去睡午覺時，奶奶通常會在稍作休息後，要海蒂到她房裡聊聊天，並以各種方式逗她開心。奶奶有許多美麗的洋娃娃，她教海蒂如何幫娃娃縫製衣服和圍裙，因此海蒂學會了利用色彩鮮豔的小碎布，幫娃娃縫製各種的美麗衣裳。奶奶很喜歡聽海蒂大聲朗讀，海蒂也愈讀愈有興致，她融入故事當中，那些虛構的角色全部都變成了她的好朋友。

然而，海蒂並非眞正快樂，她雙眸的光采早已不復見。在奶奶待在法蘭克福的最後一週的某天餐後，她如往常地叫海蒂到房裡來，海蒂拿著故事書走進來。奶奶把她叫到身邊，並將她的書本擱在一旁，然後問：「現在，告訴我爲什麼你不快樂？煩惱還是沒有解決嗎？」

海蒂點了點頭。

「那麼你有沒有把煩惱告訴上帝？」

「有。」

「你每天都有祈禱，請祂幫你重拾快樂嗎？」

「沒有，我不祈禱了。」

「爲什麼，海蒂，你爲什麼不祈禱？」

「沒有用的，上帝根本沒有聽見。」海蒂激動地說，「在法蘭克福，每晚有那麼多的人向祂祈求，祂一定沒有聽見我所說的。」

「你爲什麼會這麼想呢，海蒂？」

「因爲我每天都向祂祈求同一件事情，卻沒有實現。」

「事情並非如此，海蒂；你不可以這麼想，上帝是我們每一個人的好父親，比我們更清楚什麼事情對我們是最好的。假如我們所祈求的事並非眞正對我們有幫助，祂就不會幫助我們。反之，眞正對我們有幫助的事，只要我們不斷地、虔誠地向祂祈求、不放棄希望、不失去對祂的信任，必定會實現。一定是上帝認爲你所祈求的事情，對於現在的你來說，並非眞正有幫助，所以才沒讓你的願望實現。不過，祂一定聽得見你說的話，因爲祂是上帝，可以同時聽見每一個人的心聲。現在一定還不是實現願望的最佳時機，上帝會告訴自已：假使海蒂的願望能夠實現的話，她一定又會快樂起來；不過，現在的時機還不對，如果我現在讓她的願望實現，將來她必定會懊悔，或許會哭著說：『假使當初上帝沒有實現我的願望，那該有多好！因爲事情並不如想像中的那麼美好！』上帝在天上看著，看你是否還信任祂，有沒有持續禱告。假使你跑開，不再向祂禱告並將祂遺忘，那麼上帝將再也聽不見你的聲音，也不會再關心你了。直到有一天，當你遇上麻煩，發現自己的行爲是多麼愚蠢，便會哭泣說：『原諒我，上帝，沒有人幫得了我。』這時候，上帝會說：『你當初爲什麼要離開我；一旦你跑開了，我就沒法幫你。』海蒂，祂是如此的想幫你，難道你要讓祂傷心難過嗎？如果你不想惹祂傷心，就要祈求祂寬恕你，繼續禱告並且信任祂，堅信祂會讓你的願望實現，也會使你高興起來，這麼一來，你才能重拾開朗和快樂的心。」

奶奶的話使海蒂恢復信心，而且每一個字都深深烙印在海蒂的心裡。「我現在馬上去祈求上帝原諒，並永遠不再將祂遺忘。」她懊悔地說著。

「這就對了，孩子。」爲了讓她快樂起來，她又說：「不要難過，祂一定會在適當的時候實現你的願望。」

接著，海蒂上樓祈禱，從今以後她會時時記得上帝並祈求祂的眷顧。

奶奶離開的日子終於來臨——克拉拉和海蒂爲此十分傷心。奶奶決定營造些歡樂的氣氛，並不斷地逗弄說笑。

奶奶一走，屋子裡變得靜悄悄，海蒂和克拉拉二人不知所措地呆坐了一天，好似被遺落的小孩一樣。隔天，到了克拉拉和海蒂共處的時刻，海蒂帶著故事書走進來，並提議如果克拉拉願意，以後每天下午都要朗讀故事給克拉拉聽。克拉拉欣然同意，認爲這樣的安排也不錯，因此海蒂開始像平常一樣大聲的朗讀。才讀沒一會兒，海蒂便哭了起來，因爲她翻到一篇敘述某位老奶奶去世的故事。「噢，奶奶死了。」對她而言，故事的描述如此逼眞，以至於她以爲阿姆山上的奶奶眞的死了，因此越哭越大聲，「奶奶死了，我再也看不到她了，奶奶永遠吃不到白麵包了！」克拉拉竭盡所能跟她解釋故事裡的是另外一位奶奶，最後，海蒂雖然明白了，淚水卻還是止不住，因爲她意識到阿姆山上的奶奶或爺爺，有可能會在她離家的這段時間去世。如果她太久沒回山上，那麼就算將來再回去，那裡也有可能已經是一片死寂，到時候她便是孤單一人，再也見不到親愛的爺爺和奶奶。

這時，羅特邁爾女士剛好走進房裡，克拉拉向她解釋剛才發生的事。海蒂依然不停地哭著，這位早已不耐煩的女士走向海蒂並且堅決地對她說：「愛得萊德，馬上停止你那莫名其妙的哭泣。我再次警告你，假使再讓我發現你因爲讀故事書而哭泣的話，我一定沒收你的書。」

她的話立即奏效，海蒂聽了一臉慘白。這本故事書是她最珍貴的東西。她馬上擦乾眼淚，並忍住哭泣，四周恢復寂靜。羅特邁爾女士的威脅，使海蒂再也不敢在閱讀的時候哭泣，然而她經常強忍住淚水，以至於克拉拉會看著她說：「你這是什麼表情啊，海蒂，我從沒見過你這樣！」強忍住淚水的表情不會發出聲，更不會侵犯到羅特邁爾女士，而海蒂總要冷靜好一陣子，才能抑制自己絕望的悲傷，且不讓旁人發現。

然而，她卻因此失去食慾，愈發蒼白與削瘦。賽巴斯汀看她對於眼前美味的食物完全不為所動，變得有些擔心。有時候，他會以一種父親的口吻在她身邊低聲地說：「吃一點吧；你不知道這有多好吃！來，先吃一口，再吃一口。」然而，那用處不大，海蒂幾乎什麼都吃不下。夜裡，每當她一閉上眼睛，家鄉的景象便歷歷在目，為了不讓任何人聽見她的哭聲，只得把頭埋進枕頭裡偷偷地哭泣。

就這樣又過了好幾個星期。海蒂不知道現在究竟是冬天或夏天，因為從這兒的窗戶望出去，見到的永遠只有牆壁和房子，沒有太多的變化。她幾乎不曾出門，只有一兩次克拉拉身體比較好時她們才外出；不過，也只能到附近走走，因為克拉拉的身體經不起太勞累的旅程。外頭能見到也只有街道、大房子和擁擠的人群，遑論花、草、杉樹或山林了。海蒂渴望見到山上那些熟悉與美麗景物的慾望愈來愈強烈，現在她只要讀到一點兒會勾起昔日山上回憶的字句，便會抑制不住淚水滑落。

秋天、冬天就這麼過了，陽光再度灑落在對門的那面白牆。海蒂暗自想著，現在又到了彼得牧羊的季節，羊兒應該已經走到那片沐浴在陽光底下的金黃色花海；黃昏時，所有的岩山應該又會像火一樣地閃耀著吧！海蒂獨坐在冷冷清清的房間角落，她用雙手矇住自己的雙眼，這樣她就不會再見到那面灑滿陽光的白牆。她靜靜地坐著，和那股濃濃的鄉愁對抗著。

Chapter 12

鬧鬼了

最近這幾天，羅特邁爾女士變得異常安靜，似乎總是陷入沉思。每當天色變暗，而她必須從某個房間移至另一個房間，或是穿過屋內長廊時，她總是會謹慎地頻頻回首，彷彿擔心背後會突然有人出現似的。現在家中的某些角落，好比二樓的大客房，或是那間腳步聲回音總是很大，而一樓的大會議室牆上掛著一幅幅神情嚴肅的老參議員相片，那都是她不願意單獨前往的地方；假使非去不可，她也會以需要搬運東西爲由，找綈奈特結伴同行。綈奈特也是如此，當她必須到這些地方時，就會找賽巴斯汀一起去，藉口要他幫忙搬些重物。賽巴斯汀當然也一樣，雖然並不眞的需要別人幫忙，但也會找約翰同行，沒有人願意獨自前往，約翰當然會欣然答應賽巴斯汀，因爲他不知道自己哪一天也會需要同樣的協助。在賽瑟曼家工作好多年的老廚娘不禁嘆息說：「怎麼會發生這樣的事呢？」

賽瑟曼家究竟發生了什麼怪事？原來，每天早晨，僕人只要一下樓便會發現屋子的大門是敞開，但四周卻沒有半個人影。一開始，全部的人都以爲是遭小偷，但是屋裡卻沒有被翻動的跡象。於是，那天晚上，爲了以防萬一，他們上了兩道鎖並栓上門條。隔天清晨，那群憂心忡忡的僕人雖然已經比平日更早起，下樓後卻同樣發現大門敞開。最後，在羅特邁爾女士極力勸服之下，賽巴斯汀和約翰終於鼓起勇氣，決定在會議室房間看守一夜。

羅特邁爾女士爲了替他們壯膽，特地找出賽瑟曼先生的各種武器，另外又給他們一大瓶烈酒。那天夜裡，二人一坐下便喝了點酒。一開始，酒意讓他們變得十分多話，但不一會兒他們就昏昏入睡。午夜的鐘聲一響，賽巴斯汀醒了過來，他試圖喚醒約翰，然而，約翰並不容易醒來，轉身之後隨即沉沉睡去。這時賽巴斯汀已經完全清醒，正仔細聆聽四周的聲音。四周一片寂靜，街道上亦是一片死寂。鬼魅的氣息，使他的睡意全消，他開始恐懼起來，因此又搖了搖約翰並提高音量叫他。一點鐘響，約翰終於醒來，並想起了今晚的任務，於是他說，「走，賽巴斯汀，我們到外頭瞧瞧。別怕，跟著我就行。」他才剛把房門打開，一陣狂風突然灌了進來，吹熄他手上拿著的蠟燭。他驚地往後退，差點撞倒賽巴斯汀，緊接著急忙將塞巴斯汀推回房裡，立刻關門、鎖上，然後再重新點燃蠟燭。對於這突如其來的舉動，賽巴斯汀完全不明白發生了什麼事，因爲站在約翰寬廣身軀背後的他，並沒有看到敞開的大門，也沒有感受到那陣冷風。不過，當他看到燭光下的約翰時，驚恐地叫了出來，因爲，約翰一臉慘白，全身不停地顫抖著。

「發生了什麼事？你看到了什麼？」賽巴斯汀緊張地問著。

「門又打開了。」約翰倒抽了一口氣，「台階上有個白色的影子——他就站在那裡，但不到一秒鐘就消失了。」

賽巴斯汀覺得自己身上的血液急速冷卻。兩個人肩併著肩坐著，直到天色變亮，整條街又活絡起來，他們才一起走出房門把大門關上，並上樓向羅特邁爾女士報告事情的經過。她早就在等著他們了，昨夜她根本緊張到無法入睡。

兩人一說完，她便給賽瑟曼先生寫了封信。她因恐懼而雙手僵硬，幾乎無法動筆，信中她要賽瑟曼先生立即返家，因爲家中發生了一件可怕的怪事。然後，她開始描述著，每天早晨只要一下樓便會發現大門敞開，整屋子的人都陷入恐懼之中，而未來還會發生什麼樣的事情，完全無法預測。

賽瑟曼先生回信說現在因爲工作纏身實在無法馬上返家。對於鬧鬼一事，他也感到相當震驚，並希望信件寄到的同時，整件事情已經平息。然而，若事情依然沒有改善，他希望羅特邁爾女士可以寫封信請奶奶幫忙，他確信奶奶絕對有能耐和那些鬼魂溝通，要他們不再出現。羅特邁爾女士看得出賽瑟曼先生對於整件事並不是太在意，這讓她有些不高興。不過，她還是立刻寫了封信給賽瑟曼夫人，然而她的回應卻讓羅特邁爾女士覺得自己受到更嚴重的侵犯。賽瑟曼夫人回信說，如果只是因爲羅特邁爾女士誤以爲自己撞鬼，她是絕對不願意再千里迢迢地從郝斯坦趕到法蘭克福。她從不曾聽聞這間屋子鬧鬼，假使現在眞的冒出個什麼鬼的話，也一定是個活人，這件事情羅特邁爾女士應該有能力自行處理；再不然，找個警衛來幫忙也行。

深陷恐懼的羅特邁爾女士認爲抓鬼一事，刻不容緩。在這之前，她從未跟兩個孩子提過屋子鬧鬼的事，她知道一旦告知她們，就得無時無刻地陪伴著她們，那只是徒增困擾罷了。不過，現在，她走進書房，低聲地說了這件事情。克拉拉馬上大喊著要人陪伴，要父親馬上回家，要羅特邁爾女士陪她睡，並且也不能讓海蒂獨處。又說他們應該同住一個房間，燈火必須整夜點亮。此外，綈奈特應該睡在他們的隔壁房，而賽巴斯汀和約翰則應該徹夜守在二樓，這麼一來，鬼一現身時，他們就可以馬上大喊，將鬼嚇跑。克拉拉愈說愈激動，羅特邁爾女士完全無法讓她平靜下來。她答應克拉拉會馬上寫封信給她父親，並把她的床移到自己房裡，絕不會讓她獨處。假使海蒂害怕的話，可以讓綈奈特陪她睡。不過，對海蒂而言，綈奈特比鬼更可怕，因爲她根本不知道鬼是什麼，因此，她便說她不怕鬼，可以一個人睡。

羅特邁爾女士又寫了另一封信給賽瑟曼先生，她說怪事還是每天發生，甚至對克拉拉的身體構成了威脅，她的身體原本就不好，如此發展下去不知道會造成多麼嚴重的影響，誰都無法預料癲癇和夢遊的症狀會不會在此情況下突然發生。

這封信馬上奏效。兩天後，賽瑟曼先生已經抵達家門口，他瘋狂地按著門鈴，家裡的僕人一聽到鈴聲，一時你看我、我看你的，以為鬼魂囂張到連白天都敢出現。當賽巴斯汀透過半掩的百葉窗窺看究竟是誰在按鈴，賽瑟曼先生又按了一次，這次塞巴斯汀認出那是誰，倉皇跑去開門的他，在樓梯間栽了個大跟斗，但隨即站起來開門。賽瑟曼先生隨意地跟他點個頭後，便直衝女兒的房間。克拉拉一見到他高興地哭了起來。見她精神奕奕，親口說自己沒事，還說鬧鬼事件使她這麼快就能再見到父親，似乎已經喜歡上家中鬧鬼時，賽瑟曼先生臉上的陰霾才逐漸消散。

「鬧鬼的事，現在如何？」他轉過身，戲謔似地問著羅特邁爾女士。

「那眞不是開玩笑，」女士回答，「我保證到了明天早上，你就不會這樣笑了，賽瑟曼先生，是不是曾經發生過什麼不為人知的事，所以現在才會有這樣的怪事。」

「這我倒從沒聽說過。」賽瑟曼先生說。「不過，我不希望你對我們的祖先有任何猜疑。現在，你去叫賽巴斯汀，我想單獨跟他說說話。」

賽巴斯汀和羅特邁爾女士之間的過節，賽瑟曼先生十分清楚，因此他對於這次發生的怪事，有自己的一套想法。

「到這裡來，小夥子，坦白地告訴我吧！是你故意裝神弄鬼來嚇唬羅特邁爾女士嗎？」

「不，主人；請您千萬不要這麼想，我也相當害怕。」賽巴斯汀說話的神情，一點都不像在說謊。

「好吧，若是如此，明天一早我就會把鬼揪出來，讓你和約翰瞧一瞧。賽巴斯汀，像你這麼強健的小夥子，竟然也會被鬼嚇跑，到時候你一定會覺得很不好意思。不過，現在你幫我捎個口信給醫生，首先代我問候，並請他今晚九點務必到家裡來；告訴他我特地從巴黎搭了快車回來，希望他來幫我看病希望他今晚可以留在這裡，這樣他就知道了。清不清楚？」

「是的，主人。」賽巴斯汀回答。

之後，賽瑟曼先生回到克拉拉身邊，並要她不要害怕，因為他很快就會將那個裝神弄鬼的人揪出來。

九點鐘一到，孩子們上床睡覺，羅特邁爾女士也回房休息，醫生到了。他滿頭白髮，但氣色看起來很好，明亮的雙眼十分慈祥。他剛走入屋內時，臉上看起來還有些憂心，不過，一見到他的病人，便笑了起來，並拍了拍他的肩膀。

「嗯，」他說，「你的樣子看起來不像是要我照顧一整晚。」

「再等一會兒，朋友。」賽瑟曼先生回答，「等我們抓到那個需要花你一整晚的人後，他可就慘了。」

「那麼家裡面生病的那個人，應該就是最先被抓起來的人？」

「比這還糟，醫生！家裡鬧鬼！我們家鬧鬼了！」

醫生狂笑。「你都是這樣安慰人的嗎，醫生！」賽瑟曼先生接著說。「可惜羅特邁爾女士不能親耳聽到你的笑聲。她確信一定是我家的哪位祖先犯了錯，現在才會在這屋子裡四處遊蕩。」

「是怎麼發生的？」醫生問。

賽瑟曼先生綜合了大家的說法，告訴他每天夜裡家裡大門是如何地被打開。此外，他也帶了兩把左輪手槍以備不時之需。因爲不論這件事是不是哪個僕人或誰故意開的玩笑，到時候對空鳴槍是有嚇阻；又或者小偷故意先裝神弄鬼，以便將來好下手的話，那麼有好的武器在手是絕對錯不了的。

兩個人在上回賽巴斯汀和約翰看守的同一房間守著。桌上擺了一瓶酒，用來提神。此外，還有兩盞明亮的大蠟燭，賽瑟曼並不想在昏暗下等待鬼的出現。不過爲了不讓外面的鬼看見房裡燈火通明而躲起來，於是他們將房門緊緊地關上。現在，這兩位先生舒服地靠在椅子上坐著，邊喝酒邊天南地北的聊著，不一會兒，十二點的鐘聲便響起。

「鬼聞到了我們的味道，今晚他不敢出現。」醫生說。

「再等一等，他通常會在一點過後才出現。」

接著，他們又聊了起來。一點鐘響，屋子裡一片靜默，街道上亦沒有半點聲響。這時，醫生突然伸出他的手指：「別作聲，賽瑟曼，你有沒有聽見？」二人清楚地聽見木條被推開、門鎖被打開的聲音，緊接著，門被打開了。賽瑟曼這時扣上了板機。

「你不會怕吧？」醫生起身時問著。

「還是以防萬一比較好。」賽瑟曼先生的另一隻手拿起蠟燭，低聲回應著。

醫生拿著蠟燭和手槍輕輕地走在前面，他跟在後。月光照在敞開的大門上，一個白色的影子一動也不動地站在門口。

「是誰？」醫生大聲地問，大廳裡回音不斷，這兩個人拿著蠟燭和武器趨前。

它轉過身，發出低低的聲音。它是，穿著白色睡袍的海蒂，正光著腳丫站在那裡，雙眼盯著蠟燭和手槍看著，身子就像被風吹過的樹葉一般顫抖著。兩人面面相覷。

「這是怎麼回事，這是那位幫你取水的小朋友吧，賽瑟曼。」

賽瑟曼先生問。「小朋友，你怎麼會在這裡？」

「你要找什麼嗎？怎麼會下樓來？」

臉色刷白的海蒂害怕到說不出話來。「我不知道。」

醫生向前走了一步。「我想想這是怎麼回事，賽瑟曼；你先回去，我帶這個孩子上樓。」說完，他將手槍放下，並輕輕地牽起孩子的手。

「別怕，沒有什麼好擔心的，沒事的，只要輕輕地走就可以了。」

到了海蒂的房間時，醫生將蠟燭擺在桌上，將海蒂抱上床，又細心地爲她蓋好被子。接著，他在她身邊坐了下來。直到海蒂恢復平靜且不再顫抖時，他握著她的手，親切且憐憫說：「是不是好一些了，告訴我你想到哪兒去？」

「我不知道，」海蒂說。「我不知道爲什麼我會在那裡。」

「我懂了，你剛才是不是在作夢，有沒有很清楚地看見或聽見什麼？」

「嗯，我每天晚上都做一樣的夢，夢到自己回到爺爺家，聽見屋外樅樹被風吹動的聲音，還有星星在天上閃爍著，我很快地開了門跑出去，外面眞的好美！可是，醒來的時候，卻是在法蘭克福。」強忍著不哭的海蒂，說話的同時幾乎岔了氣。
「你有沒有哪裡痛？會不會頭痛或背痛？」
「不會，只覺得好像有塊大石頭壓在這裡。」
「像噎住的感覺一樣嗎？」
「不，不是那樣，是很重很重的東西，壓的我很想哭。」
「我懂了，那麼你有沒有大聲哭過。」
「沒有，我不能哭，羅特邁爾女士不准我哭。」
「所以，你把眼淚都吞下，是這樣嗎？你住在法蘭克福快不快樂？」
「快樂。」她回答地非常小聲，聽起來像是「不快樂」。
「你和爺爺住在什麼地方？」
「山上。」
「那應該一點都不好玩，很無聊吧？」
「不，不，那裡很美，很美！」
海蒂再也說不下去。那一草一木、她曾有過的快樂、長時間被壓抑的淚水，已經遠超過這孩子所能負荷。她的淚水迸了出來，接著，開始嚎啕大哭。

醫生站在一旁看著她將頭埋在枕頭裡哭泣。「乖，乖，繼續哭吧，這樣對你比較好，哭過就睡吧；明天醒來就沒事了。」

他走下樓去找賽瑟曼先生。「賽瑟曼，」他說。「讓我告訴你，這個孩子在夢遊，她就是那個在夜裡打開大門，讓你們一家子驚慌失措的鬼。另外，這孩子太想家，才會吃不下任何東西，她已經骨瘦如柴，很快地就會出問題；你必須馬上採取行動。唯一可以治療她的方法，就是將她送回山上，讓她呼吸那裡的新鮮空氣。因此，你明天就應該將那孩子送回家。這就是我所開的處方。」

賽瑟曼先生非常擔心地在房間裡踱來踱去。「這孩子有夢遊的問題，又變得愈來愈瘦！因爲想家的關係，愈來愈憔悴！這一切都是因爲來我家才發生的，但卻沒有人知道她在想家！醫生，你的意思是要我把這個剛到我們家時既健康又快樂，但現在卻骨瘦如柴的孩子送還給她爺爺嗎？我不能這麼做，你別妄想我會安排這樣的事！去幫那個孩子檢查，盡你所能地爲她治療，讓她恢復健康和快樂，然後，再讓她回家；必須先這麼做。」

「賽瑟曼，」醫生回答，「好好想一想你在做什麼！那孩子的病無法用藥醫治。她的狀況已經不樂觀了，假使你立刻將她送回山上，或許她還可以康復，否則——你到底要不要把她送回去，還是要等到一切都來不及？」

賽瑟曼停下腳步。醫生的話讓他感到十分震驚。「你都這麼說了，醫生，如果這是唯一的辦法——而且必須立即處理的話。」

接著，他開始和醫生商議，直到醫生揮手向他道別時，天色已是一片光亮。

Chapter 13

山中的仲夏夜晚

焦躁的賽瑟曼先生激動地走上二樓，他走路時所發出的巨大聲響驚醒了羅特邁爾女士。接著，她便聽見主人在門口喊著：「快到樓下餐廳來，我們要立刻出門。」羅特邁爾女士抬頭望時間，凌晨四點半，她這輩子從沒這麼早起過，究竟發生了什麼事？好奇加上慌張的心情，讓她做起事來手忙腳亂，明明衣服已經穿在身上了，卻還一直找個不停。

賽瑟曼先生繼續敲著其他人的房門，僕人們全都害怕地跳下床，認為主人必定是受到鬼怪的襲擊，才會向他們求救。

他們個個神情害怕地來到餐廳，當見到主人毫髮無傷地在餐廳裡走動時，全都愣住了，他一點兒也不像見鬼了。賽瑟曼先生指派約翰立刻備妥馬車，綈奈特上樓去幫海蒂穿戴整齊，另外，還要賽巴斯汀去把蒂特帶到家裡來。

這個時候，羅特邁爾女士才剛整裝完畢下樓來，不過，她卻將帽子給戴反了。賽瑟曼先生稍稍安撫她的情緒後，便開始交辦事情。他要她立刻收拾好瑞士小女孩的東西。

因爲不熟悉名字的關係，他總是喊她瑞士小女孩。此外，還要她裝些克拉拉的衣物進去，一切的事情要馬上行動，不得拖延。

羅特邁爾女士的雙腳像生根黏在地板上似的，驚訝地望著賽瑟曼先生。她原本預料他會說出一長串夜裡的恐怖經歷，這是她今天相當渴望聽見的。然而，他竟交辦這些無聊透頂的事，當然需要一點時間來平息自己的驚訝和失望，因此她站著不動，等著聽他做解釋。不過，賽瑟曼壓根兒沒想到這些，他就讓她站在那裡，逕自跑去找克拉拉。

他猜想一早的喧鬧聲必定已經將克拉拉吵醒，她可能躺在床上聽著外頭到底發生了什麼事。因此，他坐下來，告訴她昨晚發生的一切。他說海蒂現在的身體狀況相當不好，夢遊的情況可能會愈來愈嚴重，甚至可能會爬到屋頂上，因此，他們決定立刻送她回家，並要克拉拉了解這是唯一的解決辦法。克拉拉聽了非常難過，一開始還試圖用各種辦法將海蒂留下，但父親的態度相當堅定。最後，賽瑟曼告訴克拉拉只要她不吵鬧，明年夏天，他會帶她去瑞士找海蒂。克拉拉不得不接受這個決定，不過，她堅持要幫海蒂打包行李，把所有她想送給海蒂的東西都裝進去。

此時蒂特已經到了，正在大廳裡猜想究竟發生了什麼大事，竟要她特地到這兒來。賽瑟曼先生跟她說明了海蒂的狀況，並希望她立刻帶她回家。蒂特沒料到是這樣的事，因此感到相當失望。不過，她想起當初離開山上時，大叔曾說過再也不願見到她的話，現在卻要把孩子帶回去還給他，想到就令她頭皮發麻。因此，她藉口說這兩天要出遠門，接下來還有些事情得忙，實在不知道何時才能出門。賽瑟曼先生看出她沒有誠意帶海蒂回去，很快地就將她打發走。

之後，他派人去找賽巴斯汀，並要他帶那孩子回去。現在出發的話，今晚他們可以先住在巴斯，明天就能到達阿姆山。同時要託他帶封信給爺爺，並將海蒂的情況全都寫在裡頭。

「不過，有件事情你要特別留意。」賽瑟曼先生說，「要確實做到我所說的話。我在巴斯旅館有個熟識的人，他會幫你和這孩子準備房間。你切記要幫那孩子鎖牢門窗，還有，孩子上床之後，你就從外頭將門鎖上，因爲那孩子有夢遊的問題，很有可能會發生意外。這樣你懂了嗎？」

「噢！那麼那是她？」賽巴斯汀喊著，事情已經眞相大白。

「沒錯，就是她，你和約翰兩個都是膽小鬼，這全屋子裡的人都是笨蛋。」說完，賽瑟曼先生便走進書房給阿姆大叔寫信。

賽巴斯汀靜靜地站在原地，覺得自己像個傻瓜。「假如我沒被那個笨蛋約翰給推回房裡的話，我鐵定可以追上那個小白影，也一定可以認出她來。」他不斷地喃喃自語；不過，現在是大白天，屋裡的每個角落當然都是清晰可見的。

海蒂茫然地在自己房裡等候，因爲一早綈奈特將她喚醒，爲她穿上衣服，卻沒有告訴她任何事情。綈奈特可一點兒也不願跟這個不識字的孩子說上半句話。

賽瑟曼先生拿著已經寫好的信再度走進餐廳。早餐已經準備好了，他問：「那孩子在哪？」

海蒂被喚了進來，她走到賽瑟曼先生身旁時說了聲：「早安。」

他問：「你的意見如何，孩子？」海蒂茫然地看著他。「怎麼，你還不知道？」賽瑟曼先生微微地笑著。「我們今天要帶你回家，馬上就要出發。」

「回家……」海蒂低語著，臉色逐漸發白，有好一陣子，幾乎無法呼吸。

「你不想回去嗎？」

「噢，不，我想回家！」雀躍的她，臉色漸漸漲紅。

「很好，不過，你先吃點東西，因爲待會兒就要出發了。」

海蒂努力想多吃一點，卻一口也吞不下。她眞的太興奮了，不知這一切究竟是眞是假，深怕一睜開眼，會從夢境回到現實，發現自己又穿著睡袍站在大門前。

「讓賽巴斯汀多準備些食物帶在身邊。」賽瑟曼先生喊著；「這孩子現在吃不下東西是很正常的！」

「現在你先去克拉拉的房間，馬車到了我再叫你。」他親切地對海蒂說。

海蒂迫不及待地跑上樓，克拉拉的房裡擺了一個大箱子。「來，海蒂。」她才走進來，克拉拉便喊著。「你看，我幫你準備了這些東西——喜歡嗎？衣服、圍裙、手帕、針線盒，還有這個……」她得意地將一只籃子高高地舉了起來。海蒂瞄了一眼，興奮地跳了起來，裡面放了十二條新鮮的白麵包。興高采烈的兩個孩子完全忘了即將到來的離別，直到有人高喊：「馬車到了。」海蒂才又衝回自己的房裡帶走她最心愛的那本書，她一直把書本壓在枕頭底下，所以羅特邁爾女士可能不會知道要將它裝進行李。她把書放入籃子裡，接著又打開了衣櫥，那紅色披肩果然還放在衣櫥裡。海蒂用紅色披肩包了些東西後將它擺在籃子的最上方，那耀眼的紅色格外明顯。最後，她戴上一頂美麗的帽子。

兩個孩子並沒有太多時間道別，因爲賽瑟曼先生已經在外頭等候。羅特邁爾女士站在台階上準備跟海蒂道別，不過，當她見到籃子上頭的紅色披肩時，便將它從籃子上搶了下來，丟到地上。「不，不，愛得萊德。」她喊著：「你不應該帶那件東西離開。你怎麼還會需要它呢！」海蒂不敢違背羅特邁爾女士的話，只好以祈求的眼神看著賽瑟曼先生，彷彿訴說她奪走了她最珍貴的寶物。

「別這樣。」賽瑟曼先生說：「這孩子想帶什麼回家就讓她帶走，貓咪、烏龜，只要她喜歡都可以；不用干涉這些，羅特邁爾女士。」

海蒂立刻將地上的披肩撿了起來，滿臉的感激與歡喜。

臨上車時，賽瑟曼先生緊握著她的手，叮嚀不要忘了他和克拉拉，並祝一路順風。海蒂也表達了自己的謝意。最後，她說：「請代我向醫生道別，我真的非常感謝他。」她絕忘不了昨晚他所說：「明天醒來就沒事了。」她相信今天這一切一定都是他幫的忙。現在，海蒂先上了車，接著放入籃子、行李，最後，賽巴斯汀也上車。賽瑟曼先生喊了一聲：「旅途愉快。」馬車就開始前進。

沒多久，海蒂搭上了火車，雙手一直緊緊地握著那只籃子，裡面放的可是要送給奶奶的新鮮白麵包。她不時地望著籃子，細心地保管著。幾過鐘頭過去了，她還是像隻老鼠似地一動也不動地坐在那裡。直到現在，她才確信自己真的要回到那個有爺爺、奶奶、彼得、群山環繞和一大片綻開著玫瑰花朵的家。她不停地回想關於家中的一切。突然間，她焦慮地問：「賽巴斯汀，阿姆山上的奶奶並沒有死吧？」

「沒有，不會的，」賽巴斯汀安撫她說：「她一定還活著。」

接著，海蒂又陷入沉思。她望著籃子，幻想這些麵包已經擺在奶奶的餐桌上。沉寂一段時間後，她又開口說：「假使奶奶還活著的話，那有多好！」

「會的。」已經開始打瞌睡的賽巴斯汀說：「她一定還活著，她不會死的。」

沒多久，海蒂也睡著了。經過了這麼多個疲累的夜晚，再加上今天一大早就起床的關係，現在的她已經沉沉地睡去，直到賽巴斯汀搖了搖她的手臂，告訴她巴斯到了，她才醒來。隔天，他們繼續另一段更長的旅程。海蒂還是和昨天一樣將那只籃子緊緊地握在手上。這一整天，她沒再開口說過一句話，不過，臉上的喜悅卻愈來愈強烈。這時突然傳來一聲：「麥恩菲得到了。」不到一分鐘，兩個人已經提著大行李站在月台邊，而火車早已駛離。

賽巴斯汀依依不捨地目送火車離去，因爲接下來的路程可能需要爬山，可就無法繼續搭乘這麼舒適的交通工具了，而這樣的鄉下地方，在他眼中充滿了各種危險。因此，他小心地觀察周遭，想找個適當的人問問到多芙禮村該怎麼走。車站門口正好停了一輛破舊的馬車，一位肩膀寬闊的男士正搬著一袋袋笨重的貨品上車，他問他到多芙禮村走哪條路最安全。「到多芙禮村的每條路都很安全。」那人這樣回答。賽巴斯汀只好改問他哪條路比較好走，還有，身邊的這只大行李箱該如何搬運。那男人目測了箱子的重量後，便說自己的車子應該載得動，而他正好要到多芙禮村。就這樣，男人同意載那孩子和箱子一起到多芙禮村，到那兒後，會再找個人帶海蒂上山。「我可以自己上去，我知道路。」聚精會神地聽著他們對話的海蒂這時插嘴說。聽到自己不用再爬那段山路的賽巴斯汀，鬆了一口氣。他將海蒂拉到一旁，交給她一個賽瑟曼先生要送給她的沉甸甸紙袋和一封給爺爺的信，他要海蒂把它們塞在籃子底下，並要小心看管。「我絕不會把它們弄丟的。」海蒂相當有自信地說，隨即將小包裹和信件藏到籃子底下。

行李放上車後，賽巴斯汀將海蒂抱到馬車上，跟她握過手後，他向海蒂示意著要看好籃子裡的東西。在那男人跳上馬車後，車子便朝山上的方向揚長而去。

那男人是多芙禮村磨坊的主人，正要將麵粉載回家。他從未見過海蒂，不過，他和多芙禮村大多數的居民都知道有這樣一個孩子。他認識她的雙親，因此十分肯定她就是傳聞中的那個小孩。對於她爲何要再回到阿姆山，他感到十分好奇，回程的路上便問：

「你就是和阿姆大叔住在一起的那個孩子吧？」

「是。」

「你這麼快就回來，是不是因爲他們對你不好。」

「不，不是這樣的。我在法蘭克福過得很好。」

「那麼，你爲什麼回來呢？」

「因爲賽瑟曼先生說我可以回來，不然的話，我還回不來呢。」

「既然他們願意讓你留下來，你爲什麼不留在法蘭克福，那裡的生活比這裡好多了。」

「因爲在這個世界上，我最想住的地方，就是爺爺山上的家。」

「到時候你就不會這麼認爲。」磨坊主人自顧自地說，「眞是個奇怪的孩子。」

之後，他開始吹著口哨。而海蒂則不停地看著四周的風景。一路上都是她熟悉的樹木，眼前的山脈就是她的老朋友，海蒂不時地向它們點頭問候，興奮的心情讓她的內心澎湃不已，迫不及待想要跳下車衝回山上。不過，她仍是靜靜地坐在車上。當他們抵達多芙禮村時，已經是下午五點了，見到磨坊主人載個大箱子和孩子一起回來，好奇的婦女們和孩童馬上蜂擁到車子旁，七嘴八舌地問著他們從哪兒來，要到哪兒去，還有那箱子是誰的。

磨坊主人將海蒂抱下車後，她匆匆地向他致謝：「謝謝你，爺爺會來拿這箱子的。」話才剛說完，身旁的人紛紛攔住她，每個人都有不同的問題想要問她。不過，海蒂卻逕自穿過人群，臉上的表情也不是太高興，因為這些人擋住了她要回家的路。「你看。」他們說：「她多害怕，不過，這也難怪。」接著，他們開始七嘴八舌地討論起阿姆大叔，說他去年脾氣變得更壞了，沒有再跟這裡的人們說上一句話，以及那凶狠的眼神好像要把人殺了似的。又說假使這孩子還有其他地方可去的話，是絕不可能再回到那老妖怪的家。不過，磨坊主人此時打斷了他們的談話，他說有位親切的先生陪她到了麥恩菲湜，付車資時，完全不討價還價，而且還多付了他一些錢；另外，那孩子說她在法蘭克福過得很好，是她自己想回到山上和爺爺一起住的。磨坊主人的這席話，讓大夥兒相當意外，很快地這消息就傳遍了整個多芙禮村，那個晚上，家家戶戶都在討論著這個消息。

海蒂賣力地想要走快一點，不過，手上的籃子實在太重，且愈往上走，坡度就愈陡，因此她不得不停下來喘口氣。但腦海裡還是不斷閃過。「奶奶是不是還像從前一樣地坐在紡車旁？是不是還活著？」當奶奶位在山腰上的房子終於出現眼前時，海蒂的心撲通撲通地跳個不停；她實在太害怕了，幾乎不敢打開門——好不容易，終於走進屋內，但屏住氣息的她卻說不出話來。

「噢，老天爺！」屋子的角落傳來了聲音，「這是海蒂的腳步聲；眞希望臨死之前，我還可以再見到她一面！是誰？」

「我，是我，奶奶！」海蒂哭著跑到奶奶身邊，握著她的雙手、抱著她，高興得說不出話來。對於這場無預期的喜悅，奶奶也是一樣高興；最後，她才鬆開手，去摸了摸那孩子的捲髮，並說：「沒錯，沒錯，這是她的頭髮、聲音；感謝老上帝，祂聽見我的禱告。」

「眞的是你嗎，海蒂！你眞的回來了嗎？」

「是的，奶奶，我眞的回來了。」海蒂安慰著奶奶。「不要哭了，我眞的回來了，再也不會離開這裡，以後，我每天都會過來看你，而且，你可以有好一陣子不用吃硬麵包了，你看！你看！」海蒂從籃子裡取出白麵包。

「噢，孩子！孩子！你幫我帶了多麼好的東西回來，不過，你才是最大的恩賜啊！海蒂。」她又摸了摸這孩子的頭，捧著她熱呼呼的雙頰，然後說：「說點話，孩子，讓我聽聽你的聲音。」

海蒂開始告訴她，她非常擔心萬一奶奶死了，再也吃不到這些白麵包，而她再也見不到奶奶時，是多麼的難過。

這時候，彼得的母親走了進來，她大吃一驚，站在那裡一動也不動。「怎麼會，是

海蒂從大都市帶回許多白麵包要給奶奶吃。

海蒂！」她喊著。「怎麼可能呢？」海蒂站了起來，布莉姬姐不知道該如何讚美她。「奶奶，假如你看得見的話，你會看到她的打扮有多好看；你可能會認不出她來。這頂有羽毛的帽子應該也是你的吧？戴上讓我看看？」

「不，我不想戴。」海蒂十分堅持。「你喜歡的話，就送給你；我原本的帽子還在。」海蒂說話的同時，解開了紅色披肩並取出原本的舊帽子，雖然它被壓得更扁了，但這對於海蒂來說，一點兒都不成問題；她可完全沒忘記爺爺那天對蒂特所說的話，說他再也不想看見到她和她頭上的帽子和羽毛，而這也是爲什麼她堅持要留下舊帽子的原因，她一直想再回到爺爺的家。

布莉姬姐要她不要傻呼呼的將這帽子丟掉，倘使海蒂眞的不要的話，她倒可以高價賣給多芙禮村小學校長的女兒。不過，海蒂早已打定主意，因此她偷偷地將它塞在奶奶椅子後方。接著，她又脫下身上美麗的衣裳，只用紅色披肩罩在襯衣上。然後，她握住奶奶的手說：「現在，我該回爺爺家了，」她說，「不過，明天我還會來看你。晚安，奶奶。」

「好的，要再來，明天一定還要來喔。」奶奶祈求著說，兩隻手還緊握著海蒂不肯讓她離開。

「爲什麼要脫下這件漂亮的衣服？」布莉姬姐問。

「因爲我怕爺爺會認不出我來。你剛開始不也認不出我。」

布莉姬姐和她一起走到門口，低聲說：「你可以穿著那件衣服，他一定認得出你。不過，你要小心點，我聽彼得說阿姆大叔現在的脾氣變得非常壞，一句話也不說。」

海蒂向她道過晚安後，便提著籃子繼續朝山頂前進。夕陽灑在陡峭的綠色草地上，四周一片閃耀，不一會兒，那一大片積雪也在她眼前閃爍不已。海蒂忍不住地停下腳步，頻頻回首張望，那高聳的山巔這會兒已經落在她身後。突然間，一道溫暖的紅色光芒灑在她面前的草地上，她又回頭看了一眼——她幾乎快要忘記它是多麼絢爛，夢中的畫面絕對比不上這眞實的景象——那兩座高聳的山峰，就像兩道巨大的火焰般穿入雲霄，那一片積雪轉成緋紅，就連天上的雲彩也是玫瑰色。草地轉爲金黃、岩石閃爍著紅光，整片山谷都沐浴在金色的雲霧中。海蒂抬頭望著周遭絢爛的色彩，喜悅的淚水不禁自臉龐滑落，她激動地握住雙手，抬頭仰望天空，大聲感謝上帝讓她回了家，並感謝祂創造了這麼美的景物，這比她想像中更加美麗，而這一切將再度屬於她。她太開心、太激動了，以至於找不出更多話來感謝祂。直到這光彩全都消失後，她才繼續往山上走。

她開始奔跑，很快地她就看到掩蓋在樅樹頂端的屋瓦，緊接著是一整片屋頂，最後整間屋子都映入眼簾。爺爺仍然坐在長椅上抽著煙斗，樅樹依然隨風搖曳。她愈跑愈快，在阿姆大叔還沒反應過來之前，海蒂就已經衝向他、丟下籃子，雙手抱住了爺爺，興奮地直喊著：「爺爺！爺爺！爺爺！」這老人完全說不出話。這是這麼多年來，他第一次流下眼淚。接著，他讓她坐在自己的膝上，仔細地端詳了她好一會兒後，「你真的回來了。」他說，「怎麼回事？你看起來不太好。是他們趕你回來的嗎？」

「不，不是的，爺爺，」海蒂焦急地說，「他們對我很好——克拉拉、奶奶，還有賽瑟曼先生。可是，爺爺，你知道嗎，我不知道自己還要忍多久才能回來看你。我常常喘不過氣，覺得自己好像就快死了。可是我什麼都不能說，我怕他們會覺得我是個忘恩負義的人。可是，昨天早上，賽瑟曼先生突然說——不過，一定是那位醫生幫了很大的忙，對了，那封信……」

海蒂跳了下來，取出那個紙袋和那封信。「這是給你的。」

爺爺將那紙袋放在一旁，緊接著，他打開信讀過之後，便將它放進口袋裡。

「你來陪我喝點羊奶，海蒂。」他將那孩子牽進屋內，「另外，把你的錢拿進來；那些錢夠你買張好床、被子和衣服，可以用上好幾年。」

「我不需要那些錢，」海蒂回答，「我已經有床了，克拉拉也給了我許多衣服。」

「那麼把它先放到壁櫥裡；將來你會用得上。」海蒂聽了話，並高興地跟著爺爺走進屋內。

她在屋子裡走來走去，欣喜地看著每件事物，接著便登上了閣樓——不一會兒，她驚訝且失望地喊著：「噢，爺爺，床不見了。」

「我們可以馬上再做一張。」他在樓下應著。「我以爲你不會回來；先下來喝羊奶。」

海蒂下來後，便坐在她的高腳椅上大口大口地喝著羊奶，彷彿從未喝過這麼美味的羊奶。之後，她將碗放下時說：「我們的羊奶是世上最好喝的，爺爺。」

這時，門外傳來一陣清脆的哨聲。海蒂像閃電般地衝了出去。羊群正一隻隻地躍過石頭跳了回來，彼得就在牠們當中。當他見到海蒂時，驚訝地說不出話來。

海蒂喊著，「晚安，彼得。」隨即，衝進羊群裡。「小天鵝！小熊！你們還記得我嗎？」那兩隻羊當然馬上就認出她的聲音，牠們馬上用自己的頭磨蹭著她，高興地咩咩叫，她一一地呼喊著其他羊兒，牠們也全都蜂擁而來圍繞著她。沉不住氣的格林菲齊爲了靠近她一點，甚至躍過另外兩隻羊兒，就連平日怯懦的小雪花也堅決地不肯讓大土耳其任何一步。海蒂看到這群老朋友，高興地簡直就要樂瘋了。她衝向美麗的小雪花、安撫著焦躁的格林菲齊，而她自己也正被這群親切又信賴人類的羊兒給團團圍住。最後，她終於走近彼得。「跟我說聲晚安嘛！」

「你眞的回來了？」他跑向海蒂，握著她伸出的手時，終於說出話來，接著又問了她：「你明天還會跟我一起去放羊嗎？」

「明天不行，不過說不定後天可以跟你去，明天我要去看奶奶。」

「我很高興你回來了。」彼得的臉上洋溢著笑容，然後，他又得準備趕那些羊兒下山了。不過，他從沒遇過這麼難處理的狀況，因爲只要海蒂和爺爺的那兩隻羊一準備走開，全部的羊兒便轉身奔向她。最後，海蒂只好先和那兩隻羊一起進到羊棚裡。

當海蒂再度進屋時，發現自己的乾草床鋪已經鋪好了。剛收割下來的乾草味道香極了，爺爺已經細心地將它們攤開並塞進乾淨的床單裡。那天晚上，躺在床上的海蒂內心充滿了歡喜。夜裡，爺爺至少起來了十多次，檢查海蒂是否睡地安穩，還拿了些乾草去遮擋圓窗外的月光。不過，海蒂完全沒有察覺到任何的動靜。現在的她，不會再夢遊了，因爲她內心的渴望已經獲得滿足。她已經見到被夕陽染紅的山顏，聽到風兒吹過樅樹的聲響，她已經回到山中最溫暖的家。

Chapter 14

禮拜鐘聲

海蒂站在搖曳的樅樹下等候爺爺一起下山，她要去探望奶奶，而爺爺則要到多芙禮村拿那只箱子。她迫不及待地想知道奶奶到底喜不喜歡她帶回來的白麵包。此刻的她並沒有清閒下來，因爲她還沒聽夠風吹過樹頭發出的沙沙聲，還沒聞那空氣中瀰漫的草香，也還沒看夠眼前那片沐浴陽光下的金色花海。這時，爺爺走了出來，神情愉悅地說：「我們出發吧。」今天是禮拜六，他通常會選在這天把屋子裡裡外外打掃乾淨。整個早上，他都在打掃，爲了下午可以陪海蒂一起出門，現在屋子已經一塵不染。

奶奶聽到海蒂的腳步聲，高興地走到門邊歡迎她：「是你嗎，孩子？你來了嗎？」她緊緊地握著這孩子的手，深怕她又會被帶走。奶奶告訴海蒂她有多喜歡她帶來的白麵包，吃過麵包後的她，覺得自己變得強健許多。彼得的媽媽這時也說，假使奶奶可以吃上一星期的麵包，一定可以變得和以前一樣健康，只不過，她擔心麵包很快就會吃光，因此只吃了一條。

海蒂聽到布莉姬妲這麼說，沉默了好一會兒。突然，她想到了一個好辦法：「啊！

奶奶，我有辦法了！」她認眞地說著。「我可以寫信給克拉拉，請她寄更多的麵包來，因爲那時她曾答應我，一定還會再給我一樣多的麵包，我確定她一定會寄來的。」

「這眞是個好主意。」布莉姬姐說。「不過，麵包寄到的時候，可能已經變得又硬又不新鮮了。多芙禮村的麵包師父也會做白麵包，不知道我們可不可以用黑麵包的價錢跟他買些沒賣出去的白麵包。」

這時，海蒂有了另一個更好的想法，她滿臉欣喜。「噢，我有很多錢，奶奶。」她高興地說著，並在屋子裡跳個不停。「我知道該怎麼做了。以後，你每天都可以吃到新鮮的白麵包了，禮拜天的時候可以吃兩條，彼得每天可以從多芙禮村把麵包帶上來。」

「不，不可以的，孩子！」奶奶回答。「我不可以花你的錢，這錢不是讓你用來幫我買麵包的。你應該把錢交給你爺爺，他會教你怎麼把錢存起來。」

不過，海蒂內心已經打定主意，她興高采烈地說個不停。「奶奶每天都可以吃到麵包，一定會變得和從前一樣健康——噢，奶奶。」她突然又提高音量，歡欣鼓舞地說，「如果你恢復健康，將來一定可以再看得見東西；說不定現在會看不見，就是因爲你身體不夠好。」

奶奶不發一語，她不想掃這孩子的興。

這時，海蒂突然發現奶奶的讚美詩集，她又有了新點子。「奶奶，我現在會認字了，你要不要我讀讚美詩給你聽？」

「噢，當然好。」奶奶又驚又喜。「你真的會讀書嗎，孩子？」

這時海蒂已經踩上板凳，取下書來，海蒂拂拭那歌本上積的厚厚灰塵，接著便在老婦人身邊坐了下來，問她想聽哪一篇。

「都可以，孩子，只要你喜歡就可以。」

奶奶將紡車挪到另一邊，準備好要專心地聽海蒂朗讀。

海蒂翻了翻本子，接著她說：「有篇關於太陽的詩，奶奶，我讀這篇給你聽。」海蒂開始朗讀著：

天剛拂曉，帶來溫煦與光亮，金黃色的陽光灑滿大地；

晨曦驅散夜裡浮雲，到處可見上帝的傑作，無論大小事物全是對祂的禮讚；

何處不是恩典呢？一切終將過去，上帝會用盡力量完成這一切；

祂的意志堅毅不搖，永不失敗，縱使曾被悲傷恐懼擊倒，我們終將戰勝那驚濤駭浪。

喜悅終將屬於我們，風雨過後，在充滿祝福的園地裡，我們將獲得平靜；

那是我所期待的平靜；最美好的時刻。

奶奶雙手緊握，淚水滑過她的兩頰，臉上浮現出難以言諭的喜悅。當海蒂讀完時，她懇求著。「再唸一次，孩子，再一次就好。」那孩子又讀了一次，也感受到和奶奶相同的喜悅……。

「噢，海蒂，你爲我的內心帶來了光明！你帶給了我多大的快樂啊！」奶奶不斷地說著，海蒂從不曾見過奶奶這樣的神情。奶奶的愁容不再，取而代之的是種平靜與喜悅，彷彿已經見到天國裡的花園。

這時，傳來敲著窗戶的聲音，爺爺示意她該回家了。臨走前，她答應奶奶明天她只會和彼得上山半天，之後會再過來看她。能讓奶奶重見光明和重拾快樂的喜悅，更甚於那滿山遍野的花朵和羊群所帶給她的歡樂。她離開時，布莉姬妲追上她，將那衣服和帽子交給了她。海蒂接過了那件洋裝，因爲她知道爺爺之前曾見過那衣服，但卻堅持不肯拿那頂帽子，並請布莉姬妲收下。

海蒂立刻將今早所發生的事全都告訴了爺爺：只要有錢的話，每天都可以從多芙禮村買條白麵包給奶奶吃，這麼一來就可以讓奶奶變得更加健壯與快樂，也可以使她重見光明。接著，她又將話題轉回了麵包。「假如奶奶不肯收下那些錢的話，爺爺，你可以把那些錢都給我嗎？這樣我才可以每天拿錢給彼得去買麵包，禮拜天則買兩條。」

「那你的床怎麼辦呢？」爺爺問。「我們先去買張床，剩下的錢還夠你買麵包給奶奶。」

海蒂不斷地吵著爺爺，直到他同意按著她的方式做爲止。她說乾草床鋪要比法蘭克福的床鋪還要來得舒服。最後，爺爺只好說：「那些錢是你的，你喜歡怎麼用都可以。那夠你幫奶奶買上一整年的麵包了。」

海蒂一想到奶奶再也不用吃那硬梆梆的黑麵包時，便興奮地大喊著。「噢，爺爺！」她說：「每件事都變得比從前更好了！」她牽著爺爺的手，像隻無憂無慮的鳥兒，邊唱邊跳著。突然間，她安靜了下來。「假使在我一開始祈禱的時候，上帝就讓我如願回來，事情可能不會像現在這麼好，我可能只能送給奶奶一點點麵包，而且也沒有辦法學會讀書，現在也就沒辦法讀讚美詩給奶奶聽了；上帝的安排比我希望的還要好太多了，賽瑟曼奶奶說的一點兒也沒錯。噢，我太幸運了，我哭著祈求上帝讓我回來的時候，幸好祂沒讓我回來！現在，我應該聽奶奶的話，每天向上帝禱告，時時感謝祂，假使祂對我所做的祈禱沒有任何回應的話，我應該要像在法蘭克福時那樣地禱告：上帝，我相信您，一定會幫我做更好的安排。所以，爺爺，我們應該每天都要祈禱，永遠不要將祂遺忘，不然祂就會忘了我們，對不對？」

「要是有人忘記祂的話，會怎麼樣呢？」爺爺低聲問著。

「全部的事情都會變得不對，上帝會任由他去做自己喜歡的事，最後當他變得十分可憐時，別人將不會同情他，反而會說，那是他自己要離開上帝的，一切都是咎由自取。」

「是這樣嗎，海蒂，這是誰告訴你的。」

「是賽瑟曼奶奶告訴我的。」

爺爺沉默地走了幾步，整理過思緒後說，「那麼，假使有個人曾經離開上帝，上帝將會永遠遺忘他，且不再幫他。」

「噢，不是的，爺爺。奶奶說過可以重返的，我的故事書裡也有一篇重返上帝身邊的故事。爺爺，你一定還沒看過那篇故事，回到家，我可以馬上讀給你聽，那故事真的很棒。」

海蒂加快上坡的速度，很快地他們就到家了，她急急忙忙地衝進屋內。爺爺卸下肩上的籃子，坐了下來。不一會兒，海蒂就拿著她的書本跑了出來。

由於她太常讀這故事的關係，一打開便直接翻到了這篇故事。現在，海蒂以感性的口吻開始讀著：「有個男孩原本在家裡過著快樂的日子，他總是披著美麗斗篷，趕著父親的羊群到草地吃草，直到夕陽西下才回家，故事的開頭就如同畫中所描繪的一樣。但過沒多久，他便希望可以擁有屬於自己的錢和羊，他想自已當老闆，於是開口請父親分些財產給他，接著便離開了家，但經過不久，他便將所有的錢揮霍殆盡。這時的他，只好去投靠別人，他的老闆要他看顧豬隻，而且只給他一點點薪水，因此他只能穿著破衣、吃著豆皮。這時的他，十分懷念往日的快樂生活和父親對他的疼愛，才知道當初的他，是多麼不知感恩，不禁悲傷地落下淚來。他告訴自己：『我應當要振作起來，回去父親那兒祈求他的原諒。我已經不配當他的兒子；請讓他將我當成傭人使喚。』當父親遠遠地見到他走回家來……」

海蒂停了下來。「你猜發生了什麼事情，爺爺？」她問。「你是不是覺得他的爸爸還在生氣，還會跟他說『我早跟你說過了吧！』嗯，我繼續往下讀吧。當他的父親見到他之後，便跑向他、摟著他、並親著他。兒子說：『爸爸，我違背了上蒼的旨意和你的期望，我已經不配當你的兒子了。』然而，父親這時卻告訴他的僕人說：『幫他換上最好的衣服和鞋子、爲他戴上手鍊；並殺一頭最肥美的牛，我們一起慶祝我兒子的重生。他曾經迷失，但已經回頭。』之後，他們便開始慶祝。」

「這故事很棒吧，爺爺。」海蒂原本期待爺爺會說些讚美的話，然而爺爺卻只是坐在一旁，默默無語，這讓海蒂感到相當意外。

「沒錯，海蒂；這故事很棒。」他的神情木然，海蒂也安靜了下來，獨自看起書中的圖片。

現在，她將書本輕輕地推到他面前說：「你看，他在那裡多麼高興。」她用手指著那個重返家園，衣著如新的那個兒子。

幾個小時之後，海蒂入睡了，爺爺登上閣樓，看到她雙手合掌的模樣，彷彿她臨睡之前仍在禱告，她那安祥且信賴的表情深深感動了爺爺。最後，他亦低頭合掌，低聲地說：「天父，我違背了上蒼的旨意和你的期望，我已經不配當你的子民了。」兩顆偌大的淚水自他的臉上滑落。

隔天清早，他站在屋子前，靜靜地看著四周。清晨的朝陽照亮了高山和山谷。山谷傳來了鐘聲，樅樹上的鳥兒也正唱著歌兒。他走進屋裡，大聲地喊著：「起床，海蒂！太陽出來了！穿上你最美麗的洋裝，我們要出發到教堂！」海蒂不一會兒就準備好了，她穿上自法蘭克福返家那天所穿的那件洋裝後，就下樓了，不過，當她看到爺爺時，竟嚇了一大跳。

「噢，爺爺！」她說，「我從沒見過你穿這樣！銀色鈕扣的外套！噢，穿上禮拜外套的爺爺好帥喔！」

老先生笑著回答，「你也很好看；來，走吧！」

他牽著海蒂的手一起往山上走。四處回盪著鐘聲，愈是接近山谷，鐘聲就愈加響亮，海蒂高興地聽著。「你聽，爺爺！好像嘉年華會喔！」

當海蒂和爺爺走進教堂時，活動已經開始，大夥兒唱起聖歌，他們二人於是在教堂的後方坐了下來。那首曲子尚未唱完，許多人開始交頭接耳地，「你看見了嗎？那是阿姆大叔！」不一會兒，全部的人都已經知道阿姆大叔出現在教堂裡，許多婦人還因爲回頭看他，而分心忘了唱歌。

不過，當牧師傳教的活動開始，那發自內心的讚詠以及對於上帝感謝的歌頌，吸引了大夥兒的注意，大家都深受感動且感到無比喜悅。儀式接近尾聲時，阿姆大叔牽著海蒂離開教堂，並朝牧師的家前進。教堂裡的人們好奇地看著他，有些人甚至尾隨著他，直到見他走到牧師的家爲止。

接著，這群人聚集在牧師家門前，盯著那扇門討論著這件不可思議的事情，等著看阿姆大叔是否會大發雷霆，或安靜地走出來，因爲他們實在無法想像這位老先生爲何到這裡來。或許阿姆大叔並非他們所想的那麼壞。「光是看他那麼細心地牽著那孩子的樣子。」還有人說，他如果眞的罪大惡極的話，根本不可能走進牧師家。這時，磨坊主人加入話題。「我不是早就告訴過你們了嗎？如果那孩子的爺爺眞的是個殘忍又可怕的人，她怎麼可能願意離開那個讓她吃住不愁的好家庭呢？」很快地，大夥兒開始改變對阿姆爺爺的觀感，有位婦女更提及彼得奶奶曾說過的那些話。最後，他們像在等待一位久違的老朋友似的，站在牧師家門前等候著。

這時候，阿姆大叔已經走進牧師的家敲著書房的門。牧師看到他的時候，一點兒也不意外，彷彿早就在等著他似。他親切地握住他的手，阿姆大叔沒料到他會如此親切地接待，頓時幾乎說不出話來。想了一會兒，他才說：「牧師，那天你到山上來，給了我那麼誠懇的忠告，但是我卻拒絕了你。今天我是特地來請求你的原諒。你說的沒錯。今年冬天我們會搬到多芙禮村，因爲這孩子可能無法忍受山上的酷寒。假使，這裡的人們對我仍有所疑慮，不願意相信我的話，我明白那全是我的錯，不過，我確信你不會那樣對待我。」

牧師的眼裡充滿了喜悅。他握著老先生的手，激動地說：「鄰居，剛才我在教堂裡看到你，眞的好高興。重返多芙禮村，你絕對不會後悔；而我永遠都會是你最好的朋友和鄰居，我十分期待和你們一起度過這個快樂的冬天，我非常珍惜和你之間的情誼，我也會幫這個孩子找些朋友。」他摸著那孩子的頭，牽著她和那老人一起走出門。直到門外，他才向他道別，大夥兒都看見了他們依依不捨道別的畫面。

門才關上，那群人便擁上前來向阿姆大叔問候，每一個人都想爭先和他握握手，這讓他有些不知所措。「看到你回到多芙禮，我們都好高興。」「我早就希望能再和你聊一聊。」問候的聲浪此起彼落，當阿姆大叔告訴他們，他考慮在這個冬天遷回多芙禮村時，大家的歡呼聲不斷，彷彿他是多芙禮村最受歡迎的人物。

他舊時的朋友們陪伴他走了一程，最後，才一一地向他道別，並要他保證下次下山時，一定得去拜訪他們。老人看著逐漸離去的人群，內心感到十分溫暖，臉上出現一抹光彩。

海蒂那雙清澈的眼睛看著他說：「爺爺，你今天真好看，我之前從沒見過你這樣。」

「你真的這麼覺得嗎？」他笑著回答：「沒錯，海蒂，我從沒想過今天會這麼開心；可以好好地和上帝、和大家一起相處是件很美好的事！上帝賜與我的最大恩賜，就是將你送到我的屋子來。」

當他們走到彼得家的時候，爺爺打開門走了進去。

「早安，奶奶。」他說。「我想我們應該在秋風颳起之前，再把這屋子修補一下。」

「老天爺，這不是阿姆大叔嗎！」奶奶感到相當意外。「我眞想親眼見到你！謝謝你爲我做的這一切。上帝賜福你！上帝賜福你！」她向他伸出了顫抖的手，當爺爺熱情地握住它時，奶奶也緊握著並說：「我請求你！或許我也曾經傷害過你，但在我長眠地下之前，求你不要將這孩子送走。噢，你不知道這孩子對我有多大的意義！」海蒂如往常地靠在奶奶身旁，奶奶緊緊地將她抱住。

「不要擔心，奶奶。」爺爺向她保證。「我不會對你或對我做出這麼殘忍的事。我們會永遠在一起，願上帝保佑我們可以永遠在一起。」

這時，布莉姬姐將大叔拉到一旁，拿起那頂羽毛帽子，對他訴說那頂帽子的始末，並說她當然不能收下這件東西。爺爺看著海蒂，臉上沒有一絲不悅。他說：「帽子是她的，如果她不要戴的話，當然有權送人，所以，你就收下吧。」

布莉姬姐雀躍不已。「這可能超過十先令呢！」她看著帽子讚嘆地說。「海蒂從法蘭克福回來後，爲這個家帶來了好大的幫助！我經常在想，如果可以把彼得送到那兒一陣子，那該有多好。你覺得呢，大叔？」

爺爺覺得布利姬姐的說法挺有趣，這麼做對彼得當然不錯，不過，可能還得等候機會吧。

當下，彼得衝了進來，顯然是太過匆忙的關係，他一頭撞上了大門，整間屋子都晃動了起來。他手上握著一封信，氣喘吁吁地站在門口。一封署名給海蒂的信寄到了多芙禮村的郵局。海蒂立刻拆信，讀了起來，其他的人則圍坐在餐桌前。是克拉拉寄來的，信中提及自從海蒂離開之後，她幾乎無法忍受屋子裡的寂寞，因此，她說服了父親，這個秋天帶她到巴斯的拉格茲溫泉；奶奶會在那裡和他們會合，他們很希望也能到山上來拜訪海蒂和爺爺。

奶奶說她會再寄些白麵包和咖啡送給彼得奶奶，此外，奶奶也希望到時候海蒂可以陪她一塊去拜訪彼得奶奶。接到這個消息，他們全都開心地吶喊著，他們興高采烈地聊天，以致於連爺爺都忘了天色已晚。

一想到今天的聚會和未來即將發生的事情，奶奶相當欣慰地說：「我今天最開心的事，就是見你這個老朋友又像昔日般來拜訪我，我覺得十分欣安慰，彷彿舊時的一切美好都將重現——明天你會再來看看我吧，大叔，還有你，孩子？」

老人和海蒂都向她保證明天還會再來，然後他們便離開了奶奶家。今早，他們在晨鐘的歡迎聲中展開旅程，而現在，他們伴著祥和的晚鐘返回山上小屋，小屋沐浴在夕陽的餘輝裡，瀰漫著濃濃的禮拜氣息。

奶奶秋季的拜訪，一定會爲阿姆山上帶來更多的歡樂和驚喜。無疑地，到時候在那堆滿乾草的閣樓裡，一定會擺上一張舒適的床，因爲只要是奶奶所到之處，一切都將就緒。

Chapter 15

旅程

建議送海蒂返家休養的好心醫師，正朝著賽瑟曼先生家走去。那是個天氣晴朗的九月早晨，這樣的好天氣，大夥兒應該都是開開心心，然而，醫生卻低著頭走路。他平日經常掛著笑容的臉，近來顯得哀傷，自這個春天以來，他老了許多。醫生有個獨生女兒，在他妻子辭世之後，女兒是他唯一的生活寄託，幾個月前，她卻離開了人間，這打擊讓這個總是神采奕奕且笑容滿面的醫生完全變了個樣。

賽巴斯汀爲他開了門，非常恭敬地問候著他，醫生不光是主人和克拉拉最珍貴的朋友，他的慈祥也擄獲了這一家大小的心。

「很高興看到你終於來了，醫生。」賽瑟曼先生說。

「我想我們需要再討論一下。就算克拉拉的身體狀況比較改善了，你還是堅持不讓她去瑞士嗎？」

「賽瑟曼，我眞的沒見過像你這樣的人！」醫生在他身邊坐下來說。「我眞希望你母親就在這裡；這麼一來，事情才能變得簡單些。你昨天派人找了我三次，結果你要問的還是這個你早就知道我會怎麼回答的老問題。」

「是的，我知道，這會讓你失去耐性；不過，你應該可以諒解。」賽瑟曼先生將手搭在醫生的肩膀上，懇求地說。「我實在沒勇氣回絕那孩子，她早在幾個月前，就已經開始幻想著要到瑞士旅行。前陣子她病情加重，也是因爲想要快點兒見到海蒂的意志力，才能撐了過來；而現在，我卻要讓那孩子的夢想破滅，我實在沒勇氣。」

「這也是沒有辦法的事，賽瑟曼。」醫生說，他停了一會兒，但當他見到賽瑟曼依舊沉默不語時，便說：「你要好好考慮事情的嚴重性。克拉拉的身體狀況從沒像這個夏天這麼嚴重過，舟車勞頓的唯一結果，只會讓她的身體變得更差。此外，現在已經是九月了，瑞士或許會比這兒溫暖些，但也可能和這裡一樣寒冷。白天的時間愈來愈短，且從拉格茲到山上，還得花上好幾個鐘頭，這麼一來，她每天只能有一兩個鐘頭待在戶外。總而言之，賽瑟曼，那是不可行的事。我會跟你一起上去跟克拉拉解釋。她是個明理的孩子，應該可以了解。此外，我會告訴她我的計畫。明年五月，她先到巴斯療養一陣子，等到天氣較暖和時，只要她想到山上，就可以上山，到時候，她應該就可以應付那短暫的旅途。你瞭解嗎？賽瑟曼，如果我們希望那孩子好起來，就應該更小心。」

憂心的賽瑟曼先生一直默默地聽著醫生說的話，但現在他突然猛然地站了起來。

「醫生，」他說：「請你告訴我實話，她到底能不能好起來？」

醫生聳了聳肩。「這很難說。」他低聲地回答。「但是，朋友，請你想一想，至少你還有個可愛的孩子在身邊，可以隨時問候你。不像現在的我，只能回到空蕩蕩的家，孤單地用餐。這孩子在家裡，既快樂又舒適，或許她得放棄些什麼，但這是爲了她好。噢，賽瑟曼，你沒什麼好自怨自艾的——至少你們還能住在一起。」

陷入沉思的賽瑟曼，又開始在房間來回地踱步。突然，他在醫生面前停了下來，按著他的肩膀說：「醫生，我有個想法……我實在不忍再見到你現在的模樣，你完全變了個人。我認爲你應該來趟旅行散散心，你認爲怎樣？你可以替我們去看看海蒂。」

這個突如其來的建議讓醫生有些震驚，他想要拒絕，不過，他的朋友並沒給他機會說話。賽瑟曼對於自己想出來的方法，感到十分開心，他拖著醫生走進克拉拉的房間。對於克拉拉來說，醫生一直都是她最喜歡見到的人，因爲他總會說些事情逗她開心。這陣子，他的確蒼老了些，克拉拉當然知道是什麼原因，也十分希望他能儘快恢復昔日風采。醫生和賽瑟曼在她身邊坐了下來，二人將剛才的商量結果告訴了她，克拉拉當然知道父親是爲了她的健康，才會這麼決定，因此忍著不讓淚水滑落，但淚水還是不停地在藍色眼眶裡打轉，要她放棄這趟旅程，她眞的很難過，因爲那是她受病魔纏身這麼久以來，唯一讓她感到快樂和安慰的事。她努力吞下眼淚，並將希望移轉到另一件事情上。她握著醫生的手，懇求地說：「醫生，你會去看看海蒂吧？回來的時候，可以告訴我山上的模樣嗎？海蒂、爺爺、彼得，和那些羊都在那兒做些什麼。另外，你幫我帶些禮物送給海蒂和奶奶好嗎？我整個腦袋想的都是這些事。親愛的醫生，只要你願意去的話，我一定會乖乖地喝魚肝油。」

無論醫生一開始的決定爲何，現在的他只能有一個答案，他笑著說。「爲了讓你變得健壯些，克拉拉！我想我是非去不可了。你希望我什麼時候出發？」

「明天早上，愈快愈好。」克拉拉說。

「是的，她說的沒錯。」賽瑟曼先生說：「天這麼藍，陽光這麼燦爛，不要再等了，要是錯失了這幾天山上的好景色，那就可惜了。」

醫生忍不住笑了起來。「再接下來，你們可能就要開始指責我，怎麼現在還沒到山上呢。好了，我該回去整理行李了。」

不過，克拉拉還不肯讓他馬上離開，她要他在回來時，告訴她在山上所發生的一切。還有，她爲海蒂準備的禮物，應該很快就可以送到醫生那裡，因爲羅特邁爾女士現在還在城裡爲她原先所計畫的旅程採買東西。醫生應允了克拉拉的全部要求。

賽瑟曼家中的僕人具有高度臆測的能力，他們往往在主人還未開口之前，就已經知道將要發生什麼事，特別是賽巴斯汀和綈奈特。醫生才剛下樓，綈奈特就被叫去克拉拉的房間。

「請在這個箱子裡，裝滿我們平日喝咖啡搭配的那些鬆軟蛋糕。」克拉拉指著擺在一旁的那只箱子。

綈奈特提起了箱子，帶著輕蔑的語氣說：「我早料到會有這樣的麻煩事。」她傲慢無禮地走出房間。

當賽巴斯汀送醫生出門，在向醫生行禮之後說：「醫生，您可以幫我問候小小姐嗎？」

「噢。」醫生說。「你已經知道我要出門了。」

賽巴斯汀笨拙地假咳的一聲，帶點猶疑的說：「我……我不知道，噢，對了，我想起來了；我經過餐廳時，碰巧聽到小小姐的名字，我把兩件事情聯想在一塊兒……所以，我才會認爲……」

「嗯，我懂了。」醫生笑著。「多動腦筋，當然可以察覺許多事情。再見，賽巴斯汀，我會替你轉告的。」

當醫生準備邁出大門時，羅特邁爾女士正好返抵家門，突然之間起了一陣巨風，羅特邁爾完全無法向前邁進，而她身上的那件白色披風也被吹得像揚起的壞船帆。醫生於是向後退了一步，羅特邁爾女士爲了禮貌，也客氣地向後退了一步。兩人爲了禮讓對方，僵持了好一陣子。突然，又起一陣狂風，將展開白色大帆的羅特邁爾女士幾乎推進醫生的懷裡，她停了好一會兒才恢復鎮定，接著，才又禮貌地向醫生致歉。她努力地想要掩飾自己剛才的窘態，幸而醫生總是輕易地就能安撫旁人。接著，醫生告訴她即將展開的旅程，並要她協助打包送給海蒂的物品。然後，他就離開了。

克拉拉原先猜想，若要羅特邁爾女士幫忙打包禮物，可能得費上一番功夫和她溝通。不過，這次，羅特邁爾女士卻一反常態地馬上答應。她先將大桌子清理乾淨，接著把要送給海蒂的東西全攤在桌上，好讓克拉拉見到裝了什麼東西進去。這可不是件簡單的工作，因爲禮物有大有小，形狀也不盡相同。有克拉拉親手爲海蒂設計，連帽的溫暖披風，這麼一來，到了冬天，爺爺若要帶她到彼得奶奶家時，就不需要再用被子將她包裹起來了。另外，還有一件要送給彼得奶奶的厚披肩，那可讓奶奶在狂風吹起的冬季，不再感到寒冷。還有一大箱的蛋糕，是送給奶奶搭配咖啡用。還有臘腸，這原本是要送給這輩子只吃過麵包和乳酪的彼得，不過她擔心彼得會因爲一時興奮而將它全部吃光。

因此，她改變了主意，決定轉送給布莉姬姐，她才可以先將它們分成三份。還有一盒煙是送給喜愛抽煙斗的爺爺。以及無數個放著神秘禮物的小袋子、包包和小盒子，那是她特地爲海蒂所準備的，打開任何一個袋子，都將帶給海蒂許多驚喜。

打包的工作終於告終，一大袋的行李就放在地板上。羅特邁爾女士十分滿意地看著那袋行李，完全沉醉在她剛完成的成果上。克拉拉的眼裡充滿了喜悅，彷彿已經見到海蒂收到這一大袋禮物時，那又驚又喜的模樣。現在，賽巴斯汀走了進來，立刻將行李扛上肩，出發到醫生家。

Chapter 16

醫生的到訪

曙光染紅了山頭，清新的微風吹得老樅樹沙沙作響。那聲音喚醒了海蒂，她睜開了雙眼。老樅樹的呼嘯聲總是牽動著海蒂內心最強烈的情感，令她無法抗拒。她跳下床，以最快的速度整裝完畢；不過，還是花了一些時間，因爲現在的她會細心地保持自己的乾淨和整潔。當她下樓時，發現爺爺人已不在屋內，他跟平常一樣站在戶外仰望天空，觀察著天氣狀況。天空的色彩每一分鐘都在改變，變得更亮、更藍，當太陽逐漸升至山巔時，山坡和草原變成金黃一片。

「噢，多美啊！眞的好美！早安，爺爺！」海蒂跑了出來。

「哦，你醒啦？」

接著，海蒂便跑到了樅樹下，聆聽著她最喜愛的樂章，每一陣清風吹來，將樹枝吹得呼呼作響時，她便會高興地又跳又叫。爺爺走進羊棚裡擠了些羊奶，又幫羊兒刷洗一番，爲牠們做好外出的準備後，便將牠們牽到戶外。海蒂一見到小天鵝和小熊，立刻衝過來抱住牠們，兩隻羊兒亦高興地咩咩叫著，爭著要海蒂撫摸牠們，幾乎要將她給壓垮了。不過，海蒂一點也不害怕，只有小熊眞的太過用力推擠時，才會說：「不行喔，小熊，你這麼推我，簡直就和大土耳其一樣！」小熊這時才會稍微退後，停止粗魯的舉動；而小天鵝則會更加昂首挺胸，彷彿是說：「才不會有人說我的行徑像大土耳其呢。」比起小熊，小天鵝來得更通人性。

此時，伴著彼得的口哨聲，羊群已經又蹦又跳地跑上山來。海蒂很快地就被羊群團團圍住，好不容易，她才突破重圍走到小雪花身旁，因爲她剛才特別留意到小雪花無論怎麼努力，始終無法走到她身邊來。彼得又吹了一聲十分響亮的口哨聲試圖嚇離羊群，好讓他可以走近海蒂身邊。當他走近她時，羊兒紛紛避開。

「今天可以跟我一起去放羊嗎？」他問。明顯地，他不希望被拒絕。

「恐怕不行，彼得。」她說，「法蘭克福的朋友也許今天會到，我必須待在家裡等他們。」

「你最近每天都說一樣的話。」彼得埋怨道。

「在他們抵達前，我得待在家裡等他們。」海蒂說。「彼得，你想想看，假使他們到的時候，我卻不在家，那可怎麼辦才好？我怎麼可以這樣做呢？」

「阿姆大叔在家啊！」他吼著。

這時，傳來了爺爺宏亮的聲音。「軍隊怎麼還沒出發啊？是指揮官、還是阿兵哥不見了呢？」

彼得一聽，便轉過身並在半空中揮舞著棍子，羊兒們一看，便紛紛地朝牠們的山中之旅繼續邁進，彼得則跟在最後面。

自從海蒂再度返回爺爺家，她的許多行為已經變得大為不同。每天早上，她都很用心地鋪好床，然後下樓將每張椅子歸位，把凌亂的物品擺進壁櫥裡，再拿起抹布將桌子擦到發亮為止。因此，當爺爺進到屋子時，便會滿意地說：「現在，家裡每天看起來都像星期六一樣乾淨。海蒂在法蘭克福眞的學會好多事。」

彼得離開後，海蒂和爺爺共進了早餐，然後她繼續進行例行的整理工作。不過，今天整理的速度並不是太快，外頭的景色實在太過美妙，以至於她幾乎無法專注工作。此刻，一道明亮的光束從窗外投射進來，彷彿聲聲召喚說：「出來吧，海蒂，出來吧！」海蒂抗拒不了誘惑，於是跑了出去。高山和山谷裡的萬事萬物，在陽光的照耀下閃爍著光芒，金色草原彷彿正邀請她到那兒小憩片刻。突然間，她想起了板凳還擱在屋子中央，桌子也還沒擦拭乾淨，於是馬上跳了起來，跑進屋裡。但不出多久，只要樅樹奏起那熟悉的樂章，海蒂便又會無法自拔地放下手邊工作，跑向風姿搖曳的樅樹懷抱裡。在倉庫忙著的爺爺不時會走出來，微笑著看她在那兒蹦蹦跳跳。

當他轉過身繼續工作時，海蒂突然大喊：「爺爺！爺爺！快來！」他很快地走出來，深怕那孩子是否發生了什麼意外，卻看到她往山下跑去。「他們到了！他們到了！醫生走在最前頭！」海蒂衝向她的老朋友，他也伸出手來向她問候。她緊緊地握住醫生的雙手，並發自內心地喊著：「早安，醫生，眞的很謝謝你。」

「上帝祝福你，孩子！你謝我什麼呢？」醫生微笑地問著。

「謝謝你讓我回到爺爺家。」那孩子說著。

醫生的神情剎時如陽光般燦爛，他沒料到自己會如此地受到歡迎。原本沉溺於悲傷的他，完全忘了欣賞沿途的美景，也沒察覺愈往上爬，景色愈美。他一直以爲海蒂年紀還小，應該早忘了他是誰，甚至於見到他單獨上山，可能會有些失落。但出乎意料之外，他看見海蒂的眼中充滿喜悅與感激，握著手的感覺，就像是好朋友似的。

他像個父親牽起她的手。「帶我去見你的爺爺，海蒂，讓我看看你住的地方。」

然而，海蒂卻一動也不動地站在那兒，困惑地望著空蕩蕩的山路。「克拉拉和奶奶呢？」她問。

「噢，你一定很失望吧。」醫生回答。「是這樣的，海蒂，這次只有我一個人來。克拉拉太過虛弱，無法前來，因此，奶奶也沒一起來。不過，明年春天，當天氣變暖和且白晝變長時，她們一定會到山上找你的。」

海蒂相當地掛慮；一開始，甚至無法置信，期待了那麼久的事情竟會落空。她愣了好一會兒，努力抑制住內心的失落，醫生也靜默無語，此時唯一聽得見的聲音，只有那樅樹傳來的咻咻聲。海蒂突然想起醫生已經站在她的面前，她抬起雙眼，卻見到醫生眼底的憂傷——這是她在法蘭克福時未曾見過的哀傷神情。她不忍再看見任何人不快樂，特別是醫生。想必是因爲克拉拉和奶奶無法到山上來，他才會如此擔心，因此，她思索著該如何安慰他。「噢！明年春天，並不會太久，而且到時候，她們一定可以到山上來的。」她鼓舞著醫生，「在山上的日子過得特別快，那時他們想要待多久都可以，克拉拉一定會很高興的。我們現在先去找爺爺吧。」她牽著醫生的手走往山上小屋，並焦急地想讓醫生盡快恢復快樂的心情。因此，她再次向他保證山上的冬天過得相當快，甚至還沒認識夠它，夏天就又來臨。走近小屋時，她高興地喊著：「克拉拉和奶奶今天沒來，不過，不久之後，她們就會到山上來了。」

醫生對爺爺來說，一點兒也不陌生，因爲海蒂時常跟他提起她這些朋友的事。老人親切地問候他。接著，兩人便在屋前長椅坐下，醫生召喚海蒂坐在一旁。醫生告訴爺爺，賽瑟曼先生堅持要他到山上走一趟，而他同樣認爲對於這麼久不曾旅行的他來說，也是件好事。然後，他低聲跟海蒂說，有件東西跟著他從法蘭克福一起運到了阿姆山，她若見著它們，肯定會比見到他這個老醫生來得更加高興。海蒂一聽，變得相當興奮，頻頻猜想那究竟是什麼東西。爺爺勸留醫生在山上多待幾天，雖然這兒沒有多餘的房間可以讓他住，不過，可以住在多芙禮村的小旅社，這麼一來，每天早晨他都可以上山來，爺爺可以擔任他的嚮導，帶他到山上四處走走。

這時太陽已升至高空，風已止息，樅樹也不再搖晃。溫暖的太陽讓高山的空氣變得十分和煦。阿姆大叔起身走進屋內，搬了張桌子出來，擺在長椅前。「海蒂，拿些餐具出來吧，」他說，「雖然我們吃的不是山珍海味，不過光是欣賞這兒的美麗風光也算是場豐盛的饗宴。」

「我也這麼覺得，」醫生望著山谷時說，「在這裡吃任何食物，一定都會相當美味。」

海蒂像隻蜜蜂忙進忙出，她將壁櫥裡可以找到的東西都拿了出來，因爲她實在不知道該怎麼做才算是款待醫生。同時，爺爺已經準備好了午餐，一壺熱騰騰的羊奶和一片金黃色的烤乳酪，接著他又切了自己醃製的肉片。醫生細細品嘗著這一整年來從未享受過的美味。

「克拉拉一定得上山來，」他說，「這個環境會讓她整個人變得不一樣，若她也吃了這些食物的話，一定會馬上像吹氣球似，到時，任誰都會認不出她來。」

他說話時，有個人扛了一大袋行李走了上來。走到小屋時，便將袋子放到地上。「噢，這就是和我一起從法蘭克福來的東西。」醫生走到袋子旁，動手將它鬆開，海蒂滿心期待地看著。醫生將笨重的包裝解開後說：「過來，孩子，」他說，「現在你可以過來拆你的禮物了。」

海蒂於是將這些禮物全部攤開來。她又驚又喜地說不出話。接著，醫生走到她身邊打開了那只最大的箱子，當他告訴她那是要給彼得奶奶的蛋糕時，她才終於興奮地喊著：「現在，奶奶有更好的東西可以吃了。」她迫不及待地想將東西重新包裝好，立刻交給奶奶。不過，爺爺決定等到傍晚陪同醫生下山時，再一併將東西拿給奶奶。海蒂發現了那盒菸草，馬上交給了爺爺；爺爺非常開心，立即試了試那菸草。兩個男人坐了下來，天南地北的聊著，大口大口的煙圈不斷地向上飛升，海蒂則開始逐一檢視著她的禮物。突然，她跑到醫生面前說，「這些禮物加起來，都不如見到醫生讓我來得快樂。」兩個男人聽了忍不住笑出來。

當太陽逐漸西下，醫生覺得該去多芙禮村找間旅社了。爺爺便提著那箱蛋糕、披肩和臘腸，醫生則牽起海蒂的手，一起朝山下出發。抵達彼得家的時候，海蒂先向他們二人道別。她會在奶奶家待到爺爺上來，爺爺則先陪醫生一起去多芙禮村。

醫生向她道別時，她問：「你明天想不想和我們一起去放羊呢？」

「好啊！」醫生回答，「我們一起去。」

由於爺爺將禮物全擺在門口，海蒂費了九牛二虎之力才將那箱蛋糕搬了進去，接著她又跑出來搬臘腸，最後才拿起那披肩。她將這些禮物全都擺在奶奶身邊，好讓奶奶可以摸一摸它們。「這些全是法蘭克福的克拉拉和奶奶送的。」她向驚喜的奶奶和布莉姬姐解釋著。「你喜歡這些蛋糕嗎，奶奶？你看這蛋糕多鬆軟呢！」海蒂一再地問，奶奶也不停地回答她：「喜歡，喜歡，海蒂，他們人眞好！」當她摸著那條又厚又暖的披肩時說：「這一定可以抵擋那寒風刺骨的冬天，我從來沒想過自己可以擁有這樣一條美麗的披肩。」當海蒂發現奶奶喜歡披肩的程度遠勝過蛋糕時，不禁有些訝異。

布莉姬姐驚奇地望著臘腸。她這輩子從未見過這麼龐大的臘腸，更遑論擁有它了，她幾乎不敢相信自己的雙眼。她搖了搖頭，不可置信地說：「我一定要問問大叔這究竟要做什麼用的。」海蒂馬上答道：「當然是要拿來吃的啊。」

此時，彼得連翻帶滾地跑了進來，「阿姆大叔就在我身後，他到了——」他才開口，便停了下來，因爲他看到眼前那巨無霸臘腸，驚訝地說不出話來。

海蒂得知爺爺到了，便向奶奶道別。現在，老先生只要經過這屋子，一定會進來向奶奶問候一聲，而奶奶也很期待聽見他的腳步聲，因爲他總會說些安慰她的話。不過，今天已經太晚了，他只站在門口向奶奶道了聲晚安，便帶那孩子返家。爺孫二人在滿佈星斗的夜空下，緩緩地走回山上的家。

Chapter 17

重燃希望

隔天清晨，醫生隨著彼得和羊群一塊兒自多芙禮村出發到山上。這位和藹的紳士偶爾會找個話題跟這男孩聊聊，不過，任憑他怎麼努力，男孩卻總不肯答話。彼得原本就難得跟別人說上一句話。因此，接下來一路上他們都保持著沉默，直到他們見到了海蒂和那兩隻羊兒爲止。「你今天會一起來嗎？」彼得重複著每天必問的問題，像在問她，又像在打招呼似的。「只要醫生去的話，我就一起去。」海蒂回答。彼得斜瞪了醫生一眼。這時，爺爺拿著裝午餐的袋子走了出來，他先向醫生打過招呼，接著便將袋子交給彼得。袋子較平日重了許多，爺爺認爲醫生應該會和這兩個孩子一起出門，因此，多放了些肉在袋子裡。彼得感覺得到今天的袋子裡似乎裝了不一樣的東西，開心地笑了出來。接著，他們就出發了。

羊兒如往常般簇擁著海蒂，爭先恐後地擠到她身旁，最後她只好站住不動說：「好了，你們都乖乖地到前面去，不要一直過來撞我，因爲我要跟醫生說說話。」她拍了拍小雪花的背部，並要她乖乖聽話。接著，她便緩緩走到醫生身邊。很快地，兩人就天南地北地聊了起來，因爲海蒂總有一大堆關於羊兒、花兒、岩山、鳥兒的故事可說，不知不覺他們已經抵達了那片草原。一路上，彼得一直以相當不友善的眼神看著醫生，假使醫生察覺得到這點，可能會感到相當不舒服；不過，他壓根兒沒發現到。現在，海蒂領著醫生到她平日最愛的那片暖洋洋的草地上坐了下來。

秋天的金色光芒散佈在遠處的高山和一望無際的綠色山谷。在陽光的映照下，那一大片積雪正閃閃發亮，兩座灰色的岩崖矗立在他們眼前的深藍色天空下。和煦芬芳的微風吹過山頭，藍色的風鈴草在陽光下輕輕地點著頭。那隻大鳥在天空中不停地盤旋著，不過，牠今天沒有發出任何的聲響，只是展翅在藍色的蒼穹中悠然地翱翔著。海蒂東看看、西望望，搖曳的花朵、藍色的天空、明亮的陽光、悠閒的鳥兒……，到處都美得不得了！她的眼裡盡是喜悅。接著，她轉身看著醫生，想知道他是否也和她一樣歡喜。

醫生目不暇給地看著四周的景物，當他的視線和海蒂明亮的雙眼交會時，「噢，海蒂，」他說，「我已經見到這兒有多美了，不過，你告訴我，假使有個人帶著悲傷的心情來到這兒，他該如何做才能讓自己不再悲傷，才可以因爲見到這兒的美景而感到欣喜？」

「噢，可是，」海蒂說，「在這裡並不會有有悲傷的人，只有在法蘭克福才會使人感到悲傷。」

醫生笑著，但笑容很快就消失。「不過，假使這個人在離開法蘭克福之後，心裡仍覺得悲傷，那麼還有什麼方法可以幫助他呢？」

「要是不知道該怎麼辦的時候，就應該向上帝禱告。」海蒂堅信地回答。

「噢，你這個方法很好，海蒂。」醫生說。「不過，假使這些悲傷的事就是上帝所安排，又該如何向祂禱告呢？」

海蒂想了一會兒。在她的認知裡，沒有什麼事情是上帝無法幫忙的。因此，她回想著她所經歷過的事情，接著便說：「那麼，你必須等待。」她說。「而且要不斷地告訴自己：上帝當然知道怎麼樣的安排對我們最好，祂一定會讓我們得到快樂。不過，我們一定要耐心等待，絕對不可以從上帝身邊逃開。那麼將來我們才會明白原來上帝一直都在爲我們著想；只是那時候的我們並不知道，只會看到眼前的自己是多麼的悲慘，並誤以爲狀況永遠不會改變。」

「這眞是美好的信念，孩子，希望你永遠都會記得它。」醫生說。然後，他便靜靜地坐在那兒望著那片綠草和山谷。

過一會兒，才又開口說：「你懂嗎，海蒂，當一個人眼前是漆黑一片時，他是無法感受到周遭美景的，心中的悲悽會使人無法體驗到任何美麗。」

這話讓那孩子幼小的心靈也感受了一絲悲哀。醫生說的眼前漆黑一片，讓她想起了再也見不到陽光和美景的彼得奶奶。每次只要一想到黑暗，就會揪起海蒂心中最深的痛。她沉默了一會兒。最後，她嚴肅地回答：「我懂。不過，奶奶說過只要讀了讚美詩，就可以幫她找回一絲光明，愈常讀它，就可以感受得到更多光明和喜樂。」

「是什麼讚美詩呢，海蒂？」醫生問。

「我知道的只有奶奶比較喜歡的那些，有一篇是關於太陽，還有一首關於美麗花園，每次都要我讀上兩、三次。」海蒂回答。

「那麼，也讀給我聽聽看。」醫生坐直了身子準備洗耳恭聽。

海蒂雙手合掌，整理了腦子裡的思緒：「我們從帶給奶奶希望和信心的那篇開始好嗎？」醫生點頭，於是，海蒂便開始朗讀：

別讓你的心陷入不安。別讓你的靈魂感到沮喪。那兒有個守護著你的智者。祂將是你的庇護所。不論你在何處跌倒。祂終將戰勝。你看。那敵人是如何竄逃！你所受的磨難。轉化成快樂的果實。或許有一陣子你沒見到他的行動。祂總是默默付出。那些誤以爲被遺棄的人。不要對祂的憐憫有所疑慮。祂的愛永無止息。耐心等候的人，祂會實現海蒂突然停了下來；她不確定醫生是不是還在聽。他用雙手捂住了臉，一動也不動。這時，四下一片寂靜。她以爲他睡著了。但當然不是。他的思緒被拉回很久很久以前：他看到年幼的自己正站在母親的椅子旁；母親摟著他，朗讀著剛才那詩篇——他已經有好多年不曾聽過。他彷彿聽見母親的聲音，看見母親美麗的雙眼正注視著他，母親親切的聲音將他的思緒帶到好遠好遠的地方，過了好長一段時間，他才終於可以動一動自己的身體，並將雙手放下。當他睜開雙眼時，發現海蒂正訝異地望著他。

「海蒂，」他握著孩子的手，「那眞是美麗的詩篇，」他說話的語氣明顯轉爲比較快樂。「我們下次再一起到這兒來，到時候，你再讀一遍給我聽。」

彼得在一旁心煩氣躁。海蒂已經有一段時間不曾跟他外出，今天雖然來了，卻一直坐在那位老先生身邊，完全沒有機會跟她說上一句話。他非常地氣憤，最後，他只能走到醫生背後，對著空氣揮拳洩恨。現在，他又揮了兩拳，海蒂在他身邊待得愈久，他就愈生氣。太陽已經升到上空，彼得知道已經是接近用餐的時刻。他突然高聲喊著：「吃午飯了。」海蒂站了起來，將裝食物的袋子拿了過來，想讓醫生坐在這裡吃。不過，醫生告訴她自己還不餓，只想喝些羊奶，之後還想再往高處走。海蒂也不覺得餓，便說願意陪醫生到那塊大岩石那裡，也就是上回格林菲齊差點跌下去的地方。她向彼得說明了他們的計畫，並要他幫忙擠兩碗羊奶。彼得完全無法了解，「那麼誰要吃袋子裡的食物呢？」他問。「給你吃啊，」她說，「不過，你要先幫我們擠兩碗羊奶來。」彼得的動作從沒像現在這麼迅速過，他一想到袋子的食物全屬於他時，興奮到不行。

當他們兩人靜靜地喝著羊奶時，彼得打開袋子，驚喜地看著那塊肉，但當他伸手要取出肉片時，腦子裡突然閃過一個念頭。他的良知讓他想起，方才自己作勢要揮拳打他的那位醫生，竟然將全部的美食都留給了他。他有些良心不安而無法好好享用食物。於是，他又跑回剛才站著的地方，朝著天空舞動著雙手，直到他可以原諒自己剛才的行爲爲止。接著，加倍欣喜地回到原先的位置坐下，開始享用著那異常豐盛的一餐。

海蒂和醫生又往上走了好長一段路，一直走到他們倆同時覺得該下山了爲止。海蒂不肯讓醫生獨自下山，堅持著要陪他走到爺爺的小屋，或更遠的地方。她一直握著醫生的手，一路上不斷地說一些有趣的事情，告訴他羊兒最愛在哪些地方吃草，以及夏季時哪裡的花兒開得最茂盛。此外，因爲爺爺曾經教過她的關係，花的名字她都知道。最後，醫生堅持不讓她繼續往下送時，他們才互道再見。醫生走下山時，還頻頻回首，每次回過頭，都見到海蒂還站在同一個地方向他揮手道別。以前，他最疼愛的女兒，在他每次出門時，也都會這樣做。

最近的天氣十分晴朗，醫生每天早晨都會上山來，再從阿姆大叔那兒出發到山上四處走走。阿姆大叔會陪他爬到更高的地方，當他們偶爾經過一棵曾被暴風雨侵襲的古老樅樹旁時，常常會驚擾到在那棲息的那隻大鳥，受到驚嚇的牠便會在他們頭頂上方盤旋大叫。醫生很喜歡和阿姆大叔聊天，阿姆大叔對於山上植物的博學，讓他相當佩服。阿姆大叔知道它們的用途，從冷樅樹的香味、黑松樹的香針、每棵樹木旁邊冒出的捲曲苔蘚，甚至最小的植物和花朵，他都瞭若指掌。對於動物，他也相當熟悉，不論大的、小的、地上爬的、天上飛的，或相關的有趣故事，他都知道。時間往往在不知不覺中流逝，每到一天終了，除了道別，醫生總免不了還要跟他說：「朋友，我如果沒有從你那兒再多學點東西，我是不會離開的。」有時候，醫生也會和海蒂一起到山上走走，那孩子會讀些讚美詩歌，也會跟他說她自個兒知道的事情。而彼得依然會坐在離他們有一小段距離的地方。不過，他現在和醫生的關係已經比較好了，不再像之前那樣對著空氣揮拳洩恨了。

九月已經接近尾聲，某個早晨，醫生臉上少了昔日的笑容。今天是最後一天，他說，他必須返回法蘭克福了。要跟大家道別，令他相當感傷，因為他開始覺得這兒就好像是自己的家。而阿姆大叔，對於客人的離別同感不捨。對於海蒂來說，更是習慣每天都要見到醫生，因此幾乎無法接受他突然說要離開的消息。她無法置信地望著他，然而，他還是必須離開。因此，在向老先生說了再見之後，便要求海蒂陪他走一程。走了一小段路之後，醫生停了下來，他摸了摸海蒂捲捲的頭髮說：「好了，海蒂，妳回去吧，該跟妳說再見了！眞希望可以把妳帶回法蘭克福，永遠把妳留在那裡。」然而，法蘭克福街道的景象瞬間浮現在海蒂眼前，一排排的房子、堅硬的石子路，還有羅特邁爾女士和緹奈特的面孔，於是，她吞吞吐吐地回答著：「醫生，你可以再來看看我們。」

「沒錯，妳說的沒錯，這樣比較好。那麼，再見了，海蒂。」

那孩子握著他的手並看著他。那慈祥的雙眼裡，已經有些淚水在打轉了。醫生轉身離去，快步走下山。

海蒂靜靜地站在原地。那雙噙著淚水的慈愛雙眼已經深深烙印在她心中。她突然迸出淚水，開始追趕著那離去的身影，聲嘶力竭地喊著，「醫生！醫生！」他轉過身，等著那孩子跑過來。淚水不斷地從她臉上滑下，「我現在就跟你一起去法蘭克福，就是現在，只要你願意的話，我會一直在那兒陪著你，可是，我現在必須回去跟爺爺說一聲。」

醫生不斷地安撫她的情緒。「不，不，親愛的孩子，」他和藹地說，「不是現在；

現在妳應該回到老樅樹下，否則的話，妳又要生病了。不過，我問妳，當我變得又老又孤單時，妳會願意來找我、來陪陪我嗎？」

「是的，我願意，到時候，你一定要差人告訴我，我喜歡醫生，就跟喜歡爺爺一樣多。」海蒂回答著，她悲傷的情緒尚未平復。

醫生再度向她道別，並往山下的方向離去，海蒂不斷地向他揮手道別，直到完全看不到他爲止。當醫生最後一次回過頭，看著揮舞著雙手的海蒂和晴朗的山脈時，喃喃自語道：「山上眞好，對於身體和心靈都有幫助，還能讓人重拾快樂。」

Chapter 18

多芙禮村的冬天

小屋四周堆滿了厚厚的積雪，窗台的位置現在看起來就和地面一樣高，早已見不著門的蹤跡。假使阿姆大叔還住在山上，可能也必須跟彼得一樣，每天早晨得先從屋子的窗戶爬出去。然而夜裡繼續降下、尚未結成冰的鬆雪，往往會使他在爬出窗外時，整個人埋入雪堆裡，折騰一番，才能掙脫出來。接下來，母親會交給他一把長刷，好讓他將門口的積雪剷除，否則門一打開，鬆雪便會落入屋內，又或者若積雪太厚，甚至結成冰時，大門將無法打開，就沒有人可以進出那屋子了。那扇窗的大小，只有彼得一個人能鑽入。而這也是彼得最歡喜的時刻，他會乘著母親給他的小雪橇，在那平滑的雪地上，一路滑向多芙禮村。

阿姆大叔信守著承諾，當冬季來臨，降下第一道瑞雪時，他便鎖上屋子，帶著海蒂和羊兒一塊兒到多芙禮村。

教堂附近有間破舊的老房子，原本的屋主是位著名的軍官，他曾經加入西班牙的軍隊，也曾立下汗馬功勞。當他返回多芙禮村時，花了一筆錢蓋房子，想定居於此。然而，早已習慣軍中熱鬧生活的他，竟無法適應靜謐的鄉村生活，不久之後，就搬走了，從此沒再回來過。經過了好多年，這兒的居民都以為他去世，於是他的一位遠房親戚便接收了房子，不過，當時這房子已經十分破舊，他也不願意再花錢整建。因此，便低價將屋子租給一些窮人家住。當年阿姆大叔帶著兒子托比亞斯回來時，曾經住過這裡。屋子愈來愈破舊，加上不懂修繕，漸漸地大家都搬走了。屋子裡到處都有裂損，風、雨、雪水都會滲入屋內，若在這兒過冬，肯定會被凍死。不過，阿姆大叔，懂得一切修繕之能事。因此，當他決定到多芙禮村過冬時，便於秋天租下這間房子，並且開始進行整修。

十月中旬，他帶著海蒂遷徙到這兒。那是一間半毀的屋子，牆上有扇老舊拱形窗，窗上爬滿藤蔓，並延伸至屋頂上，不過，仍看得出來它曾是間小禮拜堂。接著，是一間沒有門的大廳，廳內的牆壁和屋頂也已接近半毀，那面屋瓦若非底下還有兩根柱子支撐，恐怕隨時都會垮下來。阿姆大叔沿著周圍釘上木板，地面舖上乾草，準備讓那兩隻羊住在這裡。裡面也是同樣殘破不堪，透過牆面的裂縫，可以窺見外頭的天空、田野和道路。再穿過一道矮門之後，終於出現了一間比較完善的房間，牆壁仍相當堅固，角落有座延伸到天花板的大型壁爐，壁爐的白瓷磚上有一幅藍色壁畫，上面的圖案是一位獵人帶著幾隻狗走到一座被樹木環繞著的老城堡，安靜的湖畔附近有棵老橡樹，有個人正在湖邊垂釣。壁爐的旁邊有張長椅，坐在那兒可以輕鬆地欣賞這幅壁畫，這立刻引起了海蒂的興趣，她跑到長椅上坐了下來。

不一會兒，她又有了新發現。在壁爐和牆壁之間，有個用四片木板隔成的小空間，看起來像個蘋果箱似的；不過，裡面放的並不是蘋果，而是海蒂一眼就可以認出的——鋪上乾草和被單的床，還有一條棉被，就跟她山上小屋裡的床一模一樣。海蒂歡喜地拍著手說：「噢，爺爺，這就是我的房間，多美啊！不過，你的房間在哪呢？」

「你當然得睡在壁爐旁，這樣才不會凍壞。」他說，「你可以過來看看我的房間。」

海蒂跟在爺爺後頭走，穿過大房間後，他打開其中小房間的門，那是他的臥房。在那旁邊還有個門。海蒂推開門後，驚訝地站在那兒，那是一間海蒂從未見過的大廚房。不過，屋子裡還有許多整修工程尚未完成，牆上有許多細縫還未修補好，因此，他在牆上釘補許多木板，看起來就像是做了好多壁櫥似的。爲了能夠抵擋戶外的強風，爺爺亦將那扇老舊的門板給釘牢。這屋子還長了許多雜草，並藏匿了許多甲蟲和蜥蜴。海蒂初到這個新家，感到興奮不已；不出半天的時間，她對於這個環境已相當熟悉，隔早，她已經可以帶著彼得參觀這間屋子。

海蒂在壁爐旁的那張小床上睡得十分香甜。一開始，她在早晨醒來時，經常誤以爲自己還住在山上，便會想要立即衝到外頭去看看老樅樹的枝幹是否被積雪壓住，所以才這麼寧靜。她總要花上幾分鐘的時間，才能確定自己身在何處。

當她想起自己並不是住在山上小屋時，心中難免失落。但是，當她聽見爺爺在外頭照料羊兒的聲音時，便又會雀躍不已，因爲她知道自己還住在家裡，接著，她便會快速跳下床去找羊兒們。第四天早上，她告訴爺爺：「我今天要上山去看奶奶，她太寂寞了。」不過，爺爺沒有答應。

「今明兩天，你都不能去，」他說，「山上到處都是積雪，況且，現在還正在下著雪。像彼得那麼健壯的孩子都不見得可以一個人上山，何況你還這麼小，會被雪埋沒，到時候我們可就找不到你了。等路況好些時，才可以上山。」

海蒂很失望，不過，她每天都有很多事可做，因此時間總是很快地就過了。

海蒂現在每天都會到多芙禮村的學校上課，也很認眞學習。她不常見到彼得，因爲他時常缺課。老師是個脾氣很好的人，他通常只會說：「彼得今天又沒來，我想應該是山上的積雪太深，他才無法下山吧。」傍晚放學後，彼得總是可以下山來找海蒂。

幾天之後，太陽終於出來了，陽光照耀在白茫茫的雪地上，彼得看了窗外一眼，便轉身抱頭大睡，彷彿就算是看到了滿山的花草，也不會讓他感到絲毫喜悅。隔天早上，整座山彷彿化身爲巨型水晶般，晶瑩剔透、閃爍發亮。

彼得鑽出窗外時，意外地發現雪地竟已結冰，他甚至還滑了一跤。他站起來後，使勁地用後腳跟踩了踩地面，以確定積雪是否已經凍結得像鐵一樣硬，如此一來，海蒂便可以上山來了。他迅速回到屋內，一口氣喝掉母親爲他所準備的羊奶，將麵包塞進口袋後便說：「我要去上學了。」

「這就對了，去，多學些東西回來。」奶奶鼓勵著他。

彼得又從窗戶鑽了出去。門已經被積雪給擋住了。他坐上小雪橇，沒幾分鐘就抵達山下。但雪橇的速度實在太快，若要馬上停下來，一定會弄傷自己和雪橇，所以他沒有馬上停住，一直滑到較平坦的地面時，雪橇才終於緩緩地停下。他走出雪橇並環顧四周，雪橇的衝力將他帶到距離多芙禮村一小段路之外的地方。他思忖了一會兒，折返多芙禮村大約要花上一個鐘頭的時間，應該來不及趕上上課。因此，他決定只要在海蒂放學回家和爺爺一起用餐時，再回到多芙禮村就行。

彼得才踏入屋內，便迫不及待地說：「她可以上路了。」

「上什麼路？你在說什麼？」爺爺問。

「你說話的樣子眞像在打戰，指揮官。」

「結冰了。」彼得解釋著。

「噢！那麼我現在可以上山去看奶奶了！」海蒂高興地說著，馬上了解彼得的意思。

「可是，你今天爲什麼沒去上學呢？你都可以滑雪橇下山了。」

她責備著。對海蒂來說，明明已經可以下山，卻不去上學是不應該的。

「因爲雪橇滑過頭了，才使我遲到。」彼得說。

「這樣是逃兵喔，」爺爺說，「逃兵的人是要被罰揪耳朵的。」

彼得聽了立刻拉緊自己的帽子，因爲沒有任何一個人比阿姆大叔更讓他感到害怕。

「尤其像你這樣的指揮官，更應該爲你的逃跑行爲感到羞愧，」阿姆大叔接著說，

「假使你帶領的羊，一隻接著一隻逃跑，不聽從指揮的話，你會怎麼處置牠們呢？」

「我會打牠們。」彼得馬上回答。

「假使有個男孩就像這些羊兒一樣不守規矩而受到懲罰的話，你覺得呢？」

「他活該。」他說。

「很好，那麼你聽好：假使你下次再不按時上學，又讓雪橇滑過頭的話，你就到我這兒來，接受你應得的懲罰。」

彼得這才明白爺爺問話的用意，原來他就是那個不守規矩羊兒的男孩。

不過，爺爺突然又笑著說，「先過來吃點東西。待會兒，我讓海蒂跟你一起上山。晚上帶她回來的時候，一塊兒在這吃飯。」

聽到大叔這番出乎他意料之外的話，彼得開心地笑了起來。他迅速地在海蒂身旁坐下。海蒂一想到可以見到奶奶，興奮地吃不下任何東西。於是，她將自己盤裡的馬鈴薯和烤乳酪全推到彼得面前，再加上爺爺原本就幫彼得盛裝的那些食物，現在彼得面前有一大堆的食物；要解決這些食物，對他來說，可一點兒問題都沒有。海蒂從壁櫥裡取出了克拉拉送給她的溫暖斗篷。穿上斗篷，戴上帽子的她，已經準備好要出發了。在彼得吞下最後一口食物的同時，她便說，「走吧。」

二人一出門，海蒂便告訴彼得小天鵝和小熊剛搬到新家時是多麼地不快樂，什麼都不吃，也不咩咩叫，後來她問爺爺，爺爺才說牠們和她住在法蘭克福的時候一樣，太過想家的關係。「你不會了解那是什麼感受的，彼得，除非你親身體驗過。」海蒂說。途中，彼得都沒有開口說話，他似乎陷入沉思，以至於沒有聽見海蒂剛才說什麼。當他們快到家時，他突然停下腳步，帶著微慍的口氣說：「我寧可去上課，也不要被大叔懲罰。」海蒂深表同感，鼓勵他該去上學。

到彼得家時，只有布莉姬妲一人獨自坐在那兒縫補衣服。奶奶因為感冒的關係，成天臥病在床。海蒂不曾見過老奶奶離開那個角落，於是急忙跑到隔壁房間，奶奶躺在一張簡陋的小床上，包裹著那暖和的灰色披肩。「感謝上帝。」海蒂跑進來時，她喊著。可憐的老婦人成天掛心，原來彼得曾告訴她，法蘭克福來了一位陌生人，整天隨他們一同外出，跟海蒂聊個沒完，加上海蒂已經有一段時間沒來看她，她以為海蒂被那個人帶走了。即便後來她聽說那個人離開了，依然擔心著法蘭克福那兒可能隨時會捎來信息，要將這孩子帶走。

海蒂走到床邊說：「妳很不舒服嗎，奶奶？」

「不，不會，孩子。」老婦人安慰著她，並用手摸了摸那孩子的頭，「只不過是我的老骨頭有些凍壞了。」

「那麼只要天氣暖和些，妳就會好了嗎？」

「是的，這是上帝的意思，說不定我還可以更快好起來，因為我已經想要開始工作了，今天也許只能先做一點，但明天應該就可以好起來了。」老婦人察覺出海蒂心中的恐懼，因此努力想要讓她安心。

海蒂真的非常擔憂，她從未見過奶奶臥病在床。不過，奶奶的話安撫了海蒂，她認真地看著奶奶好幾分鐘。「法蘭克福的人只有在出門的時候，才會披上披肩；奶奶，睡覺的時候也可以披著它嗎？」

「親愛的孩子，我披著它是爲了保暖，我很高興可以擁有這披肩，它讓我暖和多了。」她說。

「不過，奶奶，」海蒂接著說，「妳的床有問題，因爲妳頭睡的高度反而比較低。」

「我知道，孩子，我感覺得出來。」奶奶挪了挪那只比起她的頭寬不了多少的扁平枕頭，好讓自己舒服些。「這枕頭本來就不是太厚，又睡了這麼多年，所以變得更薄了。」

「噢，假使我當時請克拉拉幫我把我在法蘭克福睡的那張床送回來，那該有多好。」海蒂說。「那有三個大枕頭，一個疊著一個，不過我睡不慣，我會讓自己先從枕頭上滑下來，然後再略往上移，因爲睡在那個位置最舒服，奶奶，妳也會那麼做嗎？」

「噢，會啊！枕頭除了可以保暖，因爲頭部抬高的話，呼吸也會順暢些。」奶奶說話的同時，吃力地抬高她的頭部，彷彿想要找個高一點的位置。「我們先不說這些，感謝上帝，和其他生病的老人比起來，我已經比他們擁有更多。我每天都可以吃到美味的麵包，還擁有這件披肩，還有妳來看我。今天要不要讀些讚美詩給我聽呢？」

海蒂跑到隔壁的房間拿出那本讚美詩。她一篇篇的挑選著，現在的她已經可以了解這些詩篇的意思，讀著詩篇的同時，也和奶奶一樣喜樂。奶奶雙手合掌，那張憂愁的臉上出現了一抹笑意，彷彿聽見令人愉悅的好消息。

海蒂突然中斷下來，「奶奶，妳現在是不是覺得比較舒服些？」

「是的，我聽著妳朗讀，便覺得好了許多。繼續往下讀吧。」

那孩子繼續往下讀到最後一句：

……當眼睛變得模糊晦暗。闔上雙眼，心靈將會變得澄澈。注視著它將往何處去。家就在不遠處……

奶奶不斷地重述著這段話，臉上浮現了愉悅期盼的神情。海蒂也十分高興，她的眼前浮現自法蘭克福返家時，那幅美麗晴朗的景象，她歡喜地喊著：「奶奶，我知道回家的感覺像什麼了。」

奶奶沒說什麼，不過，她臉上的愉悅已經回應了那孩子。

過了一會兒，海蒂便說：「天快黑了，我該回家了。我很高興，奶奶就要好起來了。」

奶奶緊握著孩子的手。「是的，」她說，「現在，我也非常快樂；雖然還得繼續躺在床上，不過，我已經很滿足了。沒有親身體驗過的人，是無法了解日復一日地躺在這裡，聽不見任何聲音，看不到一絲光明的滋味是什麼。悲傷不斷向我襲來，有時候我覺得自己就要承受不了，就要放棄希望。不過，妳爲我讀了這些讚美詩時，我覺得滿心歡喜，整個人都舒服了起來。」

接著，她要海蒂趕快回家，因爲天色已經愈來愈暗。這時，月光已經照在雪白大地，彼得取出雪橇，讓海蒂坐在後頭，兩個人便像兩隻鳥兒穿越山際般滑向山下。

夜裡，海蒂躺在堆滿乾草的床上時，想起奶奶那扁平的枕頭，還有那讚美光明和撫慰人心的詩句，於是她想：假使我每天都可以讀詩給她聽的話，她一定可以早點好起來。不過，她知道起碼還得再等上一、兩個星期，才能再上山。

這讓海蒂感到十分憂心，因此她開始思索著是否還有其他方法。突然間，她想到一個好方法，興奮的她幾乎無法忍到天亮，想要馬上行動。她又忽然從床上坐了起來，原來她差點忘了祈禱呢，她可從沒遺忘過。她誠心地爲自己、爺爺和奶奶祈禱之後，才又躺回溫暖舒適的乾草床鋪上，十分香甜地睡到天明。

Chapter 19

漫長的冬天

隔天早上，彼得準時地到了學校。他和其他家住較遠的孩子一樣，帶了餐盒到校，當住在學校附近的孩子中午回家吃飯時，他們便會坐在桌上、腳擺放在椅子，然後把食物擺在大腿上開始吃起來。一點鐘之前，他們可以自由活動，下午再繼續上課。放學後，彼得又去大叔家找海蒂。他才一走進去，海蒂便像等待了很久似的立刻衝向他。

「我決定了，彼得。」她急躁地說。

「什麼事？」他問。「你應該要學認字。」她說。

「我已經學過了。」

「沒錯，可是我的意思是你要眞的學會那些字。」海蒂認眞說著。

「那是不可能的。」他立刻回答。

「你當然可以學會，我眞的這麼認爲。」海蒂的口氣相當堅決。「賽瑟曼奶奶說你的想法是錯誤的，她要我不能相信你說的話。」

聽她這麼說，彼得嚇了一跳。

「我一定可以把你教會。」海蒂繼續說著，「你一定得馬上學會，這麼一來，就可以每天讀一、兩篇讚美詩給奶奶聽。」

「噢，這眞的很無趣耶。」他喃喃自語。

他拒絕海蒂的好意，惹得海蒂相當生氣。她怒氣沖沖地看著彼得，語帶威脅地說：「我告訴你吧，如果你不肯好好學的話，你可知道會有怎樣的後果；你母親不是說過想把你送去法蘭克福學點兒事情，我曾親眼目睹那些男孩們在哪裡上學，有次出門的時候，克拉拉指著一棟大房子告訴我說。在那裡，不光是小孩子要上學，就連大人也要上學。你可不要以爲法蘭克福的學校只有一位和藹的老師，那裡有很多老師，他們都穿著像要去教堂時所穿的那種黑衣服，頭上戴的黑帽就像那麼高……」海蒂伸手比了比高度。彼得覺得自己的背脊傳來一陣寒意。「要是你到那裡，就得和那些人一起上課，」海蒂愈說愈興奮，「若是輪到你唸書，而你唸不出來，又拼錯字的話。他們一定會嘲笑你的，那可能比綈奈特來得更可怕，你應該親眼看看她嘲諷別人的模樣。」

「好嘛，我學就是。」彼得既哀怨、又不情願地說著。

海蒂隨即又說：「這就對了，我們馬上開始吧。」

她立刻去拿了書本，並將彼得帶到桌前。克拉拉寄給海蒂的禮物當中有一本押韻的

ABC讀本，海蒂昨晚就已經決定要用這本書當教材。兩人都低著頭看書，然後，就開始上起課來。

海蒂要求彼得要讀得既正確又流利，因此，彼得已經重複讀著第一句兩、三遍，不過，並不十分正確。她只好說：「你這樣不對，我先大聲唸一次，你再跟著唸。」接著，她便開始讀著「ABC今天要學會，否則法官判你賠。」

「我不去。」彼得拗著說。

「去哪裡？」海蒂問。

「去法官那裡。」他說。

「你得趕快學會這三個字母，才不用去。」

彼得像是下了很大的決心，不斷地重複讀著這三個字母，直到她說：「現在，你應該已經記牢了。」

有鑑於彼得學前兩個句子的狀況，她決定在教法上做一點調整。「等一等，我先繼續往下唸，你再跟著唸。」她放慢速度唸著：「DEFG你要慢慢唸。否則順序顛倒就會亂。HIJK你可不能忘。記不住你會羞羞臉。LM若學不會。別人會認爲你什麼都不會。想知道接下來有什麼。就要快點學會NOPQ。然後是RST。稍微遲疑就糟糕…

……」

此刻彼得變得異常安靜，海蒂不得不停下來看他在做什麼。聽了這些語帶威脅的句子，他目瞪口呆地坐在那兒，雙眼充滿恐懼地看著海蒂。她那柔軟的心動搖了起來，她安撫著他說：「你不用怕，彼得。如果你每晚都到這兒來，像現在這樣學的話，很快地你就可以學會全部的字母，也不會受到懲罰。但是，你一定要每天都來，不可以像你去上學那樣，就算下雪也要來。」彼得滿口答應，受到驚嚇的他完全不敢違背海蒂。第一天的課程就這樣結束了。

之後，彼得遵照海蒂的規定，每晚都到這兒來認眞地學習字母。他們上課的時候，爺爺經常坐在一旁抽著煙斗。上完課的彼得常受邀共進晚餐，而那豐盛的晚餐對於身心備受折磨的他就是最大的慰藉。

在冬天結束時，彼得已經有了很大的進步；他可是每天都跟那些句子奮戰著。他終於學到了字母U。海蒂唸著：「如果錯將U當成V。就把你送到討厭的地方去。」

彼得咆哮著：「我才不去呢！」

不過，他那天倒是相當的認眞，以爲眞的會有人突然出現，揪起他的領子，將他帶到他討厭的地方去。

隔天晚上，海蒂唸著：「假使你結結巴巴說W。那麼就等著牆上的那根棍。」

彼得輕蔑地看著牆壁說，「這牆上才沒有棍子呢。」

「可是，你知道爺爺在壁櫥裡裝了什麼嗎?」海蒂說，「是一根像你的手臂那麼粗的棍子，如果他拿出棍子來的話，你就可以改唸，那麼就等箱子裡的那根棍吧。」

彼得知道那裡面放的是根粗木棍，於是低下頭來認眞地讀著W。

隔天，「今兒個X要讀得熟。學不會就甭吃飯。」

彼得看著裝著麵包和乳酪的壁櫥，悻悻然地說：「我從沒說過，我會忘了X。」

「這就對了;假使你不會忘記X的話，我們還可以再多學一個字母，這麼一來，就剩下最後一個了。」海蒂鼓舞著彼得。

然而彼得並不太了解海蒂的意思爲何，海蒂逕自地往下唸：「如果你到Y就停下來，他們都將指著你笑呵呵。」

彼得眼前立刻浮現出法蘭克福那群頭戴黑色高帽的人，輕蔑地嘲笑著他的表情，因此，他更認眞地記住Y，直到完全記熟爲止，彷彿就算是閉上眼睛都可以看到Y。

隔天，他到海蒂家時，心情十分高亢，因爲只剩下最後一個字母了，當海蒂開始大聲讀著：「快快記住Z。太慢就把你送到何騰托人住的地方去。」

彼得不以為然地說：「我敢保證，絕對沒有人知道那些人住在什麼地方。」

「爺爺一定知道。你等我一下，他就在牧師那，我馬上去問他。」

當她起身要跑出去時，彼得痛苦地喊著：「不要去！」他彷彿見到自己被送到何騰托人住的地方去，因為他還沒將Z學會。他恐懼的聲音將海蒂喚了回來。

「怎麼了？」她驚訝地問著。

「沒事！我要開始學這個字母了。」他害怕地連說起話來都結結巴巴的。

其實海蒂自己非常想知道何騰托人究竟住在哪裡，因此想順便問問爺爺，不過，看到彼得那絕望的表情，她只好讓步。不過，她提出了交換條件，就是彼得不僅得將Z記熟，而且要從今晚開始學習拼字。

日子就這樣一天天地過去。山上的積雪慢慢變得鬆軟，冰雪也漸漸地融解。不過，雪仍繼續下著，三個星期過去了，海蒂還是不能上山去探望奶奶。她非常努力地督導彼得，希望他能在她無法上山的日子，讀些詩篇給老太太聽。

有一天晚上，彼得自大叔家返回山上，一走進家門便說：「我做到了。」

「做到什麼，彼得？」他的母親問。

「讀書。」他回答。

「你說的是真的嗎?你聽見了嗎,奶奶?」她喊著。

奶奶聽見了,十分驚奇這一切怎麼可能發生。

「我現在要唸一首讚美詩;是海蒂要我這麼做的。」他說。

母親趕忙地將書本拿了過來,奶奶亦欣然期盼著,她已經有好長一段時間沒聽過那些詩篇了。母親坐在他身邊,他每唸完一句,她便驚訝地說著:「誰能想到我們家的彼得也會讀書了呢!」奶奶專注地聽著每一個句子,什麼話也沒說。

隔天,學校上閱讀課,輪到彼得的時候,老師說:「那麼,我們像平常一樣,先跳過你。還是彼得,你今天想不想讀讀看?我的意思是,一個一個音節讀出來就可以。」彼得拿起課本,流暢地讀完了三行。老師放下書本,目瞪口呆地看著彼得。最後,他說:「彼得,這眞是太不可思議了!我之前花了多少心力想要把你教會,你卻連字母都學不會。現在,我才決定不要再多花時間在你身上時,你卻突然可以如此流暢地讀著句子。這個奇蹟是怎麼發生的?」

「是海蒂教我的。」彼得回答。

老師訝異地看著海蒂,坐在長凳上的她一臉天眞浪漫,完全看不出來有任何特殊的能力。他接著又說:「我還發現你最近變了,彼得。你以前經常缺課,一整個星期,甚至於更長的時間都沒來上課，可是，最近你不再缺課了。這又是誰改變了你？」

「是阿姆大叔。」彼得回答。

老師更加驚訝了，他看了看彼得，又看著海蒂，最後又轉向彼得。「我們再試一小段。」他說。

彼得又讀了另外三行。千眞萬確，彼得會讀書了。一放學，老師立刻跑去通知牧師這個消息，並且告訴他那是海蒂和爺爺的功勞。

每天晚上，彼得都會大聲地朗讀一篇讚美詩給奶奶聽，不過，他絕不肯再多讀一篇，奶奶也從不勉強他。彼得媽媽對於兒子的成就感到十分驕傲，每當到了夜晚就寢的時刻，她便會高興地說：「他已經會讀書了，將來會有什麼樣的成就，誰都不知道呢。」奶奶有時會回答她說：「是啊，他學會讀書當然是件好事，不過，眞的讓我感到欣慰的是春天即將到來，到時候，海蒂又可以到山上來了。彼得讀起詩來，跟海蒂還是不太一樣。似乎缺了些什麼，我常常愈聽愈糊塗，聽起來也不像海蒂讀的詩篇那麼令人感動。」

事實上，彼得覺得那些詩讀起來乏味極了，因此，只要是看到比較長或比較難的生字時，便會略過不讀；他認爲少唸個一、兩個字，奶奶應該不會發現。不過，那往往是句子裡最優美的部份。

Chapter 20

遠方友人捎來消息

時令進入了五月，高山融解的雪水匯成小溪流，不斷流進山谷裡。明亮的陽光暖暖地灑在山頭，將阿姆山染得一片青蔥翠綠，最後的殘雪也已消失殆盡。草原上的花朵已經甦醒，老樅樹在春風吹拂下也輕唱著，在抖落那一身的舊行頭後，便換上了春天翠綠的新裝。金色的陽光灑在爺爺的小屋，山頂上的那隻大鳥又和往常般在藍色的蒼穹裡盤旋翺翔。那暖烘烘的草地，讓人看了就忍不住想坐在上頭。

海蒂又回到了山上小屋，如往常般地在屋外來回奔跑，總是選不出哪個地方最美。現在，她又站在樅樹下聆聽著那奧秘的沙沙聲。風自山頂吹下，愈吹愈強勁，最後便撞上老樅樹，吹得老樅樹彎著腰、搖晃不已，彷彿他們歡喜地吶喊著。海蒂當然也不會錯過這場難得的饗宴。緊接著，她又會跑到小屋前的空地坐下，仔細地觀察著那些新生的小蓓蕾，昆蟲們也會和她一起在陽光下輕舞著。她深深地吸了一口山中的清新空氣，覺得這山又變得更美。小動物們也和她一樣快樂地吶喊著：「阿姆山！阿姆山！」海蒂高興地聆聽著倉庫裡傳來熟悉的鋸木和劈材聲，因爲這就是記憶裡爺爺家鄉的聲音。她猛然跳了起來，想知道爺爺到底在做些什麼。這時，爺爺已經完成了一張嶄新的椅子，那雙巧手正打造著第二件作品。

「噢，我知道這些椅子是要做什麼用的。」海蒂歡喜地喊著，「是給法蘭克福來的客人準備的。這張給奶奶，你現在做的那張是給克拉拉的，然後……然後，還有一張，」海蒂說話時有些猶豫，「爺爺，你說羅特邁爾女士會不會一起來呢？」

「噢，我也不知道，」爺爺說，「不過，我們得先多準備一張，那麼如果她來的話，才有椅子坐。」

海蒂看著那張椅子後便陷入沉思，想像著羅特邁爾女士坐在沒有把手的椅子的模樣。幾分鐘後，她搖搖頭說：「爺爺，我覺得她一定不喜歡那張椅子。」

「那麼我們只好請她坐那張綠皮的沙發囉。」爺爺回答。

海蒂不懂爺爺的意思。不過，這時外頭傳來一陣口哨聲，她便立刻奔了出去，不一會兒便被那羊群給團團圍住。羊兒歡喜地跳著，爭先恐後地擠到她身邊。彼得趕忙將牠們趕到兩旁，因爲他手裡有封信要交給海蒂。

「給妳！」他說，他把信交給了海蒂。

「是你才剛拿到嗎？」她驚喜地問著。

「不是。」

「那麼你在哪裡拿到這封信？」

「我在餐盒袋子裡發現的。」

昨天晚上，多芙禮村的郵差把這封信交給了彼得，彼得便將信放進自己的便當袋裡。今天一早，他雖然把麵包和乳酪塞進了袋子，還到了大叔家領那兩頭羊，不過，卻完全沒想起這封信；直到他中午吃飯時，才驚訝地發現信還在他的袋子裡。

海蒂興奮地跑到爺爺那兒：「法蘭克福寄來的！克拉拉寄來的！你想不想聽聽她寫些什麼？」彼得也跟著海蒂走到了畜棚。

親愛的海蒂，我們的行李都已經準備好了，兩三天後，我們將和爸爸一起出發；不過，他並沒有要和我們一起上山，因爲他得到巴黎工作。

醫生這陣子每天都會到家裡來，一進門，他便會說：「快點出發吧！」他是最迫不及待要我們出門的人。妳一定不知道他有多麼喜歡和妳在一起！這整個冬天，他幾乎每天都會說一次山上的事情給我聽，告訴我你們在山上做了什麼事、山上的景色、花兒、遠離城市喧囂的寂靜，還有新鮮的空氣，最後，還會加上一句「只要到了山上，我們都會變得健康。」他從阿姆山上回來後，完全變了另一個人似的，既年輕又快樂。噢，我有多麼想快點到山上去找妳，去看看山上風景，去認識彼得和羊兒們。但是醫生要我先到拉格茲療養六週，之後再到多芙禮村，只要天氣晴朗的話，我就可以坐著輪椅到山上去找妳。奶奶會陪我一起去；她也很高興可以去拜訪妳。不過，羅特邁爾女士並不會跟我們一塊去，奶奶幾乎每天都會問她：「哎！我可敬的羅特邁爾女士，瑞士之旅，妳決定了嗎？希望你可以跟我們一起去。」她總是客氣地回絕奶奶。我想知道那是怎麼回事：賽巴斯汀曾向她描述了山上有多可怕，懸崖峭壁的，稍有閃失，就會跌進山谷裡，還說有些膽大離群的羊隻常常會在那兒摔死。一聽見他這麼說，她便全身顫抖，在那之後，她就不再像之前那麼熱中於瑞士之旅。恐懼同樣地也佔據了緹奈特的心，因此她也不去。這麼一來，就只有奶奶和我兩個人。賽巴斯汀陪我們到拉格茲後，便會折返家中。

我已經等不及要見到妳了。再見，親愛的海蒂。奶奶也向妳問好。——愛妳的，克拉拉。

信一讀完，彼得馬上站直了身子，朝半空中用力地揮舞著棍子，羊兒們受到了驚嚇，較平日更加快速往前奔去。彼得亦卯足了勁，揮著棍子好像在追趕著某個隱形的敵人似的向前奔跑。而讓他氣憤不已的人，正是法蘭克福的客人。

滿心歡喜的海蒂，打算明天一早就下山告訴奶奶這個消息。她相信奶奶一定會相當感興趣，因為法蘭克福的人、生活模式和環境，奶奶都聽海蒂說過。隔天，海蒂馬上就下山去拜訪奶奶，現在的陽光燦爛，白晝也變長了，她又可以快樂地在山林裡自由奔跑。五月清爽的風兒自身後吹來，讓海蒂的腳步變得更輕盈。奶奶的身體早已經康復，現在又開始在房子的角落織起布來。但是，她今天的神情有憂慮。昨天晚上，彼得怒氣沖沖回到家裡，說法蘭克福有群人要到山上來，他不知道將會發生怎樣的事情，他一說完頓時讓老婦人陷入愁雲慘霧當中，她認為海蒂一定又會被帶走，因而徹夜難眠。因此，當海蒂跑進奶奶家裡，拿起板凳坐到奶奶身邊，相當興奮地說著新消息時，猛然發現奶奶一臉憂慮。「發生了什麼事，奶奶，你不高興聽我說這些事嗎？」

「不，不會，我當然高興，孩子，看到妳這麼開心我當然高興。」她努力地要讓自己看起來快樂些。

「可是我看得出來妳有些煩惱，妳是不是擔心羅特邁爾女士也會一起來呢？」

「不，不！沒事，孩子，」奶奶試著要安撫她，「來，把妳的手給我，讓我知道妳真的就在我身邊。如果那對妳來說是最好的，那麼就算我再也見不著妳，也沒關係。」

「如果見不到奶奶的話，那麼就算有什麼再好的東西，我也不要。」海蒂聽到奶奶這麼說，便答道。

她努力地不讓海蒂察覺她的擔憂，擔心她會因此而不肯離去，便說：「海蒂，有個法子可以奶奶覺得開心，你來讀一讀那篇【一切都是最好的安排】的讚美詩。」

海蒂很快地就翻到那篇詩歌，不一會兒便傳來清澈的童聲……

一切都是最好的安排。那些相信我的人。我會展翅來為你療傷。拯救你，讓你自由……

「對了，我想聽的就是這一篇。」奶奶說，她臉上的愁容逐漸淡去。

海蒂注視了她好一會兒，接著便說：「奶奶，療傷的意思是不是就是讓人好起來？」

「就是這個意思，」老婦人點著頭，「我們要相信一切都是上帝美好的意旨。來，你再多讀幾遍，我們把它記牢，才不會又忘了。」

於是海蒂又讀了兩、三次，也深信著這一切都是上帝最好的安排。直到夜幕低垂時，海蒂才往山上的家走。天上的星星，一顆顆地冒了出來，都像在傳達著喜悅的訊息。她走走停停地，不斷地抬頭望著星空，最後，她大聲地喊著：「噢，我終於知道我為何會這麼快樂，也不再感到害怕，因為上帝知道什麼樣的安排是對我們最好的。」一路上，星星不斷地向她點頭眨眼，當她走到家門時，爺爺也正抬頭看著星空，今晚的星空份外明亮。

這個五月，不只是夜光皎潔，就連白天也一樣光亮，每天早上太陽昇起直到夕陽西下，天空都是萬里無雲，因此，爺爺每天早上抬頭看著天空時，便會驚歎地說：「今年的陽光眞的太棒，植物們一定會長得又快又好。指揮官，你可別讓士兵們吃得太飽。」這時，彼得便會甩了甩棍子，好像在保證說「我會照料這一切的。」五月就這麼結束，山頭變得愈加青翠，緊接著邁入炎熱的六月，日照變得更長，花兒也紛紛綻放枝頭，景色更加宜人，空氣裡亦瀰漫著花香。

在六月即將結束的某一天，海蒂在完成日常的工作後，如往常地想要跑去看老樅樹和山坡上。不過，才剛繞過屋子的轉角時，便驚喊著。「爺爺，爺爺！」她興奮地喊著，「過來這裡，你看！」

老人順著她指的方向看去。一列陌生的隊伍正朝著他們走來；走在最前頭的，是兩個扛著轎子的男子，轎子裡坐著一位包著披肩的女孩；緊接著是一位乘著白馬的高貴女士，興致濃郁地欣賞著四周的風景，跟在身邊的嚮導談得十分起勁；另外有個推著輪椅的人，最後面還跟著搬運工人，背上扛著一大捆的毯子、披肩和皮草。

「她們到了！她們到了！」海蒂喊著也興奮地跳著。

她們的身影愈來愈近，最後，終於到達了山頂，走在最前面的那兩個人很快地就將轎子放下，海蒂隨即衝向前，兩個孩子欣喜地相互擁抱。奶奶躍下馬來給了海蒂一個深情的問候，接著便轉向爺爺。兩人初次見面，但感覺起來就像老朋友似的。

一陣寒暄之後，奶奶讚嘆著說：「你這個地方多美啊，大叔！我真不敢相信會有這麼美的地方！就算是國王，應該也會羨慕你吧！還有我的小海蒂——簡直就朵薔薇花呢！」她撫摸粉嫩的雙頰，接著又說，「我都不知道該先看哪個地方，每個地方都這麼美！克拉拉，妳說呢？」

克拉拉驚喜地看著四周，她從來都不知道會有這麼美的地方。「噢，奶奶，」她說，「我眞希望可以永遠留在這裡。」

這時，爺爺將輪椅推了過來，還在輪椅上面鋪了一些布。「我想我們應該讓這孩子坐在輪椅上，這兒比較舒服，那轎子硬梆梆的。」他用那雙強健的手，輕輕地將這孩子抱了起來並放到輪椅上，細心地爲她蓋上了衣物，接著又將腳墊重新擺好。爺爺熟練的手法看起來就是個專職的護理人員似的。

奶奶驚訝地看著他。「親愛的大叔，」她說，「你是在哪學會照顧人的方法，我眞想把我的護士全送到那兒訓練。」

大叔笑著，「這只是經驗累積罷了。」在說話的同時，他臉上的笑容漸失，最後，反而出現了一抹憂傷。他想起了一張痛苦的臉，那是當年他參加西西里戰役時隊上隊長的臉。有一天，他發現他身受重傷倒地不起，便開始照顧著他，直到他嚥下最後一口氣，因此練就了一身照顧人的好功夫，所以他剛才的動作，才會那麼細心自然。

小屋上方的天空一片湛藍、萬里無雲，樅樹、岩山和那灰色的山巓在陽光的照耀下無不閃閃發光。克拉拉總覺得自己會來不及欣賞完這滿山遍野的美景。

「噢，海蒂，要是我能夠跟妳一樣到處跑來跑去，不知道該有多好！」她渴望地說，「我想去看看老樅樹，還有妳說過的每個地方。」

海蒂費了好大的勁，才推動了克拉拉的輪椅，繞過屋子到了老樅樹下。克拉拉從沒見過這麼高大的樹木、那麼筆直的樹幹。即便是奶奶也不停地讚歎著這樅樹。現在，海蒂又將克拉拉推到羊棚，並將棚門打開，爲了想讓克拉拉可以看到裡面長得什麼模樣。不過，少了那兩隻羊，棚子裡顯得空蕩蕩的。克拉拉失望地問著奶奶，是否能等到羊兒回家再下山，「我多希望見到彼得和那些羊兒。」

「孩子，我們應該好好地欣賞著我們現在可以見到的美景，別再去想著那些見不到的東西了。」奶奶說。

「噢，你看那些花！」克拉拉喊著，「灌木叢裡的紅色花朵，點著頭的藍色風鈴草！

噢，我好想摘一些喔！」
海蒂立刻跑去摘了一大把。
「不過，這還不是最美的，克拉拉，如果妳可以到彼得放羊的地方去，還可以見到更美的花！紅色的矢車菊，更多的藍色風鈴草、金黃色的石薔薇，眞的就像黃金一樣閃閃發亮，一大片都是。還有一種花瓣很大的花，爺爺稱它們爲太陽的眼睛；還有一種咖啡色的小花，味道香極了。噢，那裡眞的很美，如果可以到那裡的話，妳可能會永遠都不想離開！」
海蒂描繪的同時，眼神亦閃爍著光芒；她自己也非常想去，而克拉拉望著奶奶的藍色眼睛同樣地也充滿了渴望。
「奶奶，妳認爲我可以上去嗎？我上得去嗎？」她很認眞的問著，「眞希望我的腿可以走路，那麼我就可以跟妳一起爬到那裡，海蒂。」
「我可以推妳上去，這輪椅很容易推啊。」爲了證明自己可以做得到，海蒂使勁推著輪椅，結果，差一點輪椅差點就要跌落山谷。幸好，奶奶在一旁及時阻止了這一切。
爺爺，此刻也沒閒著，在屋外擺上桌子和新椅子，羊奶和乳酪不一會兒也都準備好了。奶奶也和醫生一樣，相當地興奮，因爲在這兒吃飯，可以欣賞得到遠處的山谷和一望無際的藍天。一陣清風吹撫過，老樅樹沙沙的搖晃聲彷彿也在爲這場盛宴慶賀著。

「我從沒有吃過這麼好吃的食物！眞是太好吃了。」奶奶接連說了兩、三次，緊接著驚呼著：「那是妳的第二片乳酪嗎，克拉拉，我是不是看錯了？」

那可一點都沒錯，在克拉拉盤子上放的正是第二片乳酪。

「噢，眞的太可口，奶奶，這比格拉茲的每一餐都來得更好吃。」

「那麼就盡量吃，」大叔說，「這全是因爲山上的好空氣，才可以讓這樣簡單的食物變得好吃。」

奶奶和阿姆大叔聊得十分融洽，感覺起來兩個人就像是認識多年的好友。

快樂的時光總是匆匆飛逝。奶奶抬頭望了一眼的天空，「我們該下山了，克拉拉，夕陽就快西下了。那些人應該已經牽著馬扛著轎子上山來了。」克拉拉很難過，懇求著說：「噢，再多待個一兩個鐘頭吧，奶奶，我們還沒看過那屋子裡面，也還沒見過海蒂的床。要是白天能夠再長一點，那該多好！」奶奶自己也十分渴望看看那屋子。克拉拉的輪椅比門還要來得更寬，因此，只能推到門口，大叔只好將克拉拉抱進了屋內。奶奶看到屋內的擺設既舒適又整齊，覺得很是歡喜。「妳的房間在上面嗎，海蒂？」接著，便全都地登著梯子走上了乾草閣樓。「噢，聞起來眞香，睡在這裡多健康啊。」然後，奶奶又走到圓形的窗子旁，看了看窗外的天空，摸了摸海蒂的乾草床鋪，還深深地吸了好幾口那乾草清新的香味，克拉拉更是完全著迷了。「妳睡在這裡，真的好棒喔，海蒂！躺在床上就可以看見天空，聞得到那麼香的味道！還有外頭老樅樹沙沙的聲響！我從來都沒有見過這麼舒服的房間。」

這時，大叔看了奶奶一眼。「我有個想法，」他說，「如果妳也同意的話，不如就讓妳的小孫女在山上住一陣子，我一定會讓她變得更健康。我們可以用妳帶來的披肩和毯子另外做張乾草床鋪。我保證會好好照顧她的，這妳倒可以放心。」

克拉拉和海蒂一聽到爺爺這麼說，兩個人就像剛被釋放出來的鳥兒一樣興奮，奶奶的臉上也露出開心的笑容。

「你真的太貼心了，大叔，」她說，「我剛也才想要問你，有沒有可能可以讓她在這住上一晚。不過，我擔心會給你添麻煩！現在既然你都這樣說了，真的太感謝你，大叔。」

大叔很快地就將一切準備好。他將克拉拉抱到屋外，緊跟在後的海蒂不知要跳得多高，才夠表現出自己的喜悅。然後，他捧著那堆和山一樣高的披肩和皮草走進屋裡，笑著說，「還好奶奶將冬天的裝備全都帶齊了，這會兒可全都派上了用場。」

兩個人邊說邊走上閣樓。在堆了一層又一層的皮草和披肩後，那張床就已經大功告成。奶奶小心地檢查著，深怕會有突起的乾草梗。在這之後，二人便心滿意足地走下樓，兩個孩子則興高采烈的討論著明天的計畫。克拉拉問了奶奶她可以在山上待多久，奶奶便問了爺爺，爺爺回答要一個月才可以知道山上的生活對克拉拉的身體是否有益。孩子們一聽馬上興奮地拍手叫好，因爲她們從未想過兩個人可以住在一起那麼久。

搬運工人、馬匹和嚮導這時已經到了門口，奶奶已經準備要下山了。

「我們並不是眞的道別，奶奶。」克拉拉喊著，「妳隨時都可以上來看看我身體進步的狀況，我們也會一直期待著妳的到訪的，妳說是不是，海蒂？」

大叔一路護送著奶奶到了多芙禮村。奶奶不想獨自一人留在多芙禮村，因此決定返回拉格茲。

大叔還沒到家時，彼得已經帶著那群羊兒來了。牠們一見到海蒂，便又全都簇擁到了她身邊，不一會兒，她和克拉拉，便給羊兒團團圍住。海蒂逐一介紹著那些羊兒給克拉拉認識時，羊兒亦不斷地伸出頭來想要碰碰她們。克拉拉終於見到了小雪花、活潑好動的格林菲齊、小天鵝和小熊等，還有大土耳其。彼得站在離他們一小段距離的地方，充滿敵意地望著克拉拉。當那兩個孩子喊著：「晚安，彼得。」他不發一語，生氣地甩著手上的棍子，彷彿要將空氣切成對半，接著就領著羊群掉頭離去。這時，一天也差不多要接近終了。

夜裡，當克拉拉躺在乾草床鋪上，抬頭望著圓窗外成群閃爍的星星時，她欣喜地說著：「海蒂，我們好像正坐在四輪馬車上，就要往天堂的方向駛去。」

「是啊，妳知不知道星星爲什麼會高興地看著我們且向我們點頭呢？」海蒂問。

「不知道，是什麼原因？」

「那是因爲住在天上的他們知道上帝爲我們安排著一切，我們不須擔心或害怕，因爲事情到了最後一定會有好的結局，所以他們才會那麼快樂；他們希望我們也能快樂，要我們永遠都不要忘記要向上帝禱告，這樣我們才可以因而感到安心，不再焦慮。」

話一說完，兩個孩子便坐直了身體禱告，沒多久，海蒂枕著自己的手臂沉沉睡去，從未見到滿天星斗的克拉拉，興奮地無法入睡。事實上，她從未在夜裡出門，因此連星星都很少見到。每一次，當她闔眼，就又忍不住得想再看看那兩顆最大的星星。那明亮閃爍的星星當然都一直在那，克拉拉覺得不論看多久都不夠，直到最後她的雙眼終於閉上。在夢裡，她依舊見到那兩顆大星星不斷地對著她眨著眼。

Chapter 21

爺爺家的生活

旭日初昇，金色的曙光灑在山谷和爺爺的小屋上。阿姆大叔，如往常般靜靜地凝望著清晨的霧氣在山林裡逐漸散去，他眼前的景象愈來愈清晰，嶄新的一天已經開始了。天上的雲彩在陽光的照耀下愈來愈明亮，到了最後，岩山、樹林和山坡全都沐浴在那金色的光芒下。爺爺走進了屋內，輕輕地登上閣樓。這時克拉拉正好醒來，驚訝地望著自圓窗射進來的那道光芒，在她的床上飛舞著。一開始，她還不知道自己看到什麼，也想不起來自己身在何處。不過，當她看到身旁的海蒂，又聽到爺爺爽朗的聲音時，便想起了自己在哪。

爺爺問她睡得好不好，會不會太累。克拉拉答著自己一覺到天明，因此一點也不會感到疲倦。爺爺聽了很滿意，又更細心地照料著她，那動作看起來彷彿他原本的天職就是照顧這些生病的孩子。這時，海蒂也已經醒來，當她看到爺爺已經抱著換好衣服的克拉拉準備下樓時，她趕忙跳下床，閃電似地換上衣服。接著便爬下階梯，衝出屋外。這兒還有令她更驚喜的事，原來爺爺昨天看到克拉拉的輪椅無法推進屋內，便想了個辦法，他在倉庫的門邊各拆下了一片木板，爲了就是要那讓那輪椅可以推得進去。現在，他將克拉拉推到屋外後，便轉過身去看顧那羊兒，海蒂則跑到了克拉拉身旁。

清晨的微風傳來了老樅樹特有的香氣，正吹撫著這兩張稚嫩的臉。克拉拉躺在輪椅上，歡喜地聞著大自然清新的味道，體驗著不同於以往的舒適感。這是她第一次徜徉在這樣寬闊的山林，享受著大自然清新的微風，這兒的空氣有多麼的清爽，每一次呼吸，她都會感到無比的歡心。和煦的陽光正柔和地照在她的手上，和一旁的草地上。克拉拉從沒有想過山上是這麼的美麗。

「噢，海蒂，要是可以一直和妳住在山上的話，那該有多好。」她興奮地說著，左顧右盼地，恨不得將山上的風光一次看夠。

「我說的沒錯吧，」海蒂開心地說，「全世界最美的地方，就是爺爺山上的家。」

這時，爺爺從羊棚拿著兩只盛滿羊奶的碗走了出來，一碗遞給克拉拉，一碗遞給海蒂。「羊奶對妳的身體有很大的幫助。」他對克拉拉示意地說；「這是小天鵝的奶，喝了會讓妳變得很健康。來！喝掉。」

克拉拉從沒喝過羊奶，她一開始有一點兒遲疑，只先聞了一下，不過，當她看到海蒂大口大口地喝下，且似乎很喜歡那滋味時，她也跟著喝，喝到一滴不剩。羊奶眞的很美味，彷彿加了糖和肉桂。「明天我們喝兩碗吧。」看到她跟著海蒂喝羊奶的模樣，爺爺也十分歡喜。

彼得這時領著羊群到了山上，羊兒不一會兒便全都擠到海蒂身邊。阿姆大叔把彼得叫到一旁，不過，羊兒欣喜的叫聲實在太過吵雜，因此他便喊著：「你注意聽好，從今天起，不論小天鵝想去什麼地方，都任由牠去。牠知道要到哪兒的草最好，因此，假使牠想爬到更高的地方，你就跟著牠，其他的羊兒如果想跟著牠去，那也無妨；千萬不可以阻止牠。爬山對你來說，一點都不困難，而且哪兒的草最好，牠可比你更清楚，我希望牠產出的羊奶可以更營養。你是怎麼回事，怎麼老是一副要把人給吃了的模樣？好了，記住我說的話。」彼得如往常般馬上答應了大叔，接著他便召集了羊群。但不一會兒，他又偏過頭，眼珠子轉呀轉的，似乎在動什麼腦筋。羊群不斷地挨著海蒂，讓她不得不往前走了幾步，而這正好順了他的意思。

「你得一起去，」他說，「因爲我必須跟著小天鵝。」

「我不能去，」海蒂在羊群當中喊著，「我應該會有好長一段時間都不能跟你去，除非克拉拉她也一起去。爺爺說過他會找一天帶我們一起上山。」說畢，海蒂便跑回克拉拉身邊。

彼得緊握拳頭，朝著空氣揮拳要傷害輪椅上那個病人的動作，緊接著便往山上跑，不一會兒就不見蹤影，因爲他擔心大叔會看到他的舉動，也擔心會被大叔識破。

克拉拉和海蒂有太多的計畫，完全不知道要先從哪樣先著手。後來海蒂便提議她們應該先寫封信給奶奶，因爲這是她們的約定。她們說好了要告訴她克拉拉的身體究竟適不適合住在山上？喜不喜歡這兒的生活？唯有收到孫女的消息，才可以讓她無憂地待在拉格茲。此外，一旦她想來看看克拉拉的話，也才可以馬上通知她們。

「我們一定得到裡面去寫嗎？」

克拉拉和海蒂一樣，一點兒都不想進去，因爲這兒眞的太舒服了。因此，海蒂便跑進屋裡拿出了學校的課本、紙筆和小板凳。之後，便把課本和練習簿放在克拉拉的腿上，讓她用來墊著寫字，她自己則坐在小板凳上，靠著長椅寫信。克拉拉每寫了一句，便會停一來，又看了看眼前的美景，因爲這裡可以寫的實在太多了。方才，風停息了一陣子，此刻，又有一陣風穿過老樅樹輕輕地撫過她的臉。在清新的空氣中，幾隻小蟲正在她的身邊飛舞著，陽光揮灑在這片寬敞的綠地，四周一片寧靜。眼前是寂靜的山頭，底下則是安靜的山谷。就在此刻，響起了一陣牧童喚著羊兒的聲音，在山谷之間不斷迴盪著。

不知不覺就到了中午，爺爺拿了熱騰騰的羊奶走了過來，他說今天的天氣很好，因此可以和昨天一樣在屋外用餐。飯後，海蒂將克拉拉推到了老樅樹下，因爲她們說好這一整個下午都要在那聊些自海蒂離開後法蘭克福之後所發生的事情。即便並沒有什麼特別的事情發生，不過仍有許多關於賽瑟曼家佣人或朋友好玩的事可說。因此，她們就在樹下天南地北地聊起來，她們聊得愈開心，枝頭上鳥兒的歌唱聲就更加嘹喨，彷彿牠們也想參與這兩個孩子的話題似的。

時間悄悄地溜走了，又到了傍晚，彼得也趕著羊兒回來了，他仍是一臉怒氣。「晚安，彼得。」海蒂說，不過，彼得可一點兒都沒有要停下腳步的意思。「晚安，彼得。」克拉拉也十分友善地向他打招呼。彼得仍是一聲不吭地將羊群帶走。

當克拉拉看到爺爺要將小天鵝牽進羊棚時，她突然開口說自己很想要喝一碗羊奶。

「這是不是有些奇怪，海蒂，」她驚訝地說，「以前每次都是因爲別人要求我，我才會吃東西，還覺得每樣食物吃起來都有魚肝油的味道；但是現在我卻十分渴望喝到羊奶。」

「噢，我知道那是什麼感覺。」

海蒂想起了在法蘭克福那段食不下嚥的日子。不過，那時候克拉拉並無法了解這一切；因爲她從沒有在戶外用過餐，更不用說是在這麼舒服的山上了。當爺爺將羊奶取來時，她比海蒂更快將羊奶給喝光，而且還想再多喝一些。當爺爺再次從羊棚走出來時，他手上除了羊奶外，還多了些食物。

今天下午，他到了牧羊人的屋子做了些可口的奶油，並帶回了一大塊，現在他則已經在麵包塗上了厚厚的奶油。他歡喜地看著克拉拉和海蒂兩人痛快地吃著。那天夜裡，克拉拉才躺上床，眼睛便已經睜不開了，她和海蒂幾乎在同時間睡著，且一夜好眠——這也是她從未有過的經驗。

接下來又過了愉快的兩天。到了第三天，又有更令人驚喜的事情發生。兩個矮胖的搬運工人各扛了張床到山上，另外他們也帶來了奶奶的信。信中她說海蒂該有張眞正的床了，這兩張床是要給克拉拉和海蒂的；到了冬天，他們還可以搬一張床到多芙禮村。她很高興收到那兩個孩子寄給她的長信，並鼓勵她們繼續每天寫信給她，看信就好像也看到她們在山上的生活。

爺爺走上閣樓，將孩子們乾草床舖裡的乾草，丟回了乾草堆，接著，便將這兩張床搬上閣樓。將兩張床靠得很近，爲的是要這兩個孩子躺在床上時，還是跟之前一樣可以看到窗外。因爲爺爺知道她們多喜歡那照進來的陽光以及看到窗外的星星。在拉格茲的奶奶每天也會因爲收到孫女的消息，而感到欣慰不已。

克拉拉覺得山上一天比一天迷人，也因爲爺爺無微不至的照顧，再加上海蒂這個的玩伴，讓她變得更加神采奕奕，克拉拉每天起床的第一個念頭就是：「噢，我還在山上，這是多麼令人高興的事啊。」克拉拉愈來愈健壯，奶奶因此決定要延後探訪孩子的日子，因爲這一趟顛簸的山路確實會讓她感到有些疲累。爺爺對這個行動不便的小女孩特別憐惜，爲了讓她恢復健康，他每天都會想些新點子。每天下午，他都會翻山越嶺去找些味道似康乃馨和百里香的野草回來，遠遠的就可以聞到那香味。他將野草擺在羊棚裡，那些出外回來的羊兒一旦聞到香味，便會渴望進到羊棚裡。那可是特地爲小天鵝摘的，爲了是希望牠可以產出品質更佳的羊奶，小天鵝當然也不負眾人所望，從牠昂首闊步的姿態和明亮的雙眼就可以看得出來。

克拉拉已經在山上住了三個星期。這陣子，每當爺爺將她從閣樓抱下來時，便會問她：「想不想試著自己站站看？」克拉拉爲了讓爺爺高興，便會扶著他試試看，不過，腳才剛剛碰到地板，便會痛得哇哇叫。即便如此，爺爺還是每天都要她練習站上一會兒，練習的時間也是逐日增加。

這是這麼多年來阿姆山上最美的夏天，燦爛的太陽高掛在萬里無雲的天空中，爭奇鬥艷花兒吐露著芬芳，無處不閃爍著明亮的光彩；黃昏時，晚霞染紅了山頭，夕陽緩緩地沒入那閃著金色火焰的雲海。海蒂總是不厭其煩地告訴克拉拉，再往高一點的地方，才能看得到最精采完整的一幕，那一大片的金黃色花海，和盛開的藍色風鈴草，以及散發著香味的棕色小花，讓人只要一坐下來，就捨不得離開。

有一天傍晚，她又在老樅樹下向克拉拉述說著山上的花和黃昏變化多端的夕陽時，說著說著她便忍不住想要再去看，於是她起身跑到羊棚裡找爺爺，「爺爺，我們明天可以一起去放羊嗎？現在山上的一定美極了！」

「好啊，」他說，「不過，克拉拉可得先做件事：今天晚上她得再練習站立。」

海蒂跑到後頭告訴克拉拉這個好消息，克拉拉很期待明天的旅程，馬上就一口答應一定會練到爺爺滿意爲止。

興奮的海蒂一見到彼得，便大喊著，「彼得，彼得，我們明天要和你一起上山，一整天都要待在那裡喔。」

彼得一聽，嘴裡嘀嘀咕咕地埋怨著，沒來由就朝格林菲齊揮了一記，所幸格林菲齊閃得快，馬上躲到了小雪花的背後。

夜裡，克拉拉和海蒂上床後，滿心期待著明天的旅程。她們原本計畫整夜都不睡，要聊到天亮；不過，才躺到那柔軟的枕頭時，兩人便立刻睡著了。克拉拉夢到自己正徜徉在一片一望無際的原野上，望著顏色變化多端的天空，遍野都是藍色的鈴鐺花；海蒂則夢見那隻大鳥在天空叫著：「快來！快來！快來！」

Chapter 22

意外的驚喜

隔天，大叔一早便走出戶外，觀察著天氣的狀況。山巔上佈滿淡紅色的光暈，一陣微風吹來，老樅樹的枝葉隨之搖曳。老先生佇足觀看，山谷裡的那片黑影正隨著太陽昇起的位置而逐漸消散，當太陽完全昇起時，清晨的金色陽光灑滿了整片山谷。大叔開始爲即將展開的旅程做準備，他將輪椅從棚子裡推了出來，接著走進屋裡，告訴那兩個孩子剛才日出的景致有多美。

這時，彼得上山來了，身邊的山羊並未如往常簇擁著他，反倒是有些害怕地和他保持了點距離。這陣子彼得的脾氣相當暴躁，經常無緣無故地四處亂揮著棍子，一不小心就有可能被他打到。彼得會這樣暴躁是因爲海蒂已經有好幾個星期都沒跟他跟一塊兒上山了。每天，打從他一早上山來，那個行動不便的女孩已經膩在海蒂身邊；到了黃昏，他下山的時候，她依然霸占著海蒂。這一整個夏天，海蒂幾乎不曾和他一起去放過羊。今天，她好不容易要一起上山，那個女孩卻也要同行，她勢必得一直陪伴著她。想到這裡，彼得的心情變得更壞。因此，當他見到屋外那張輪椅時，便像見著仇人似的。

彼得突然動了個壞念頭，他朝周圍掃視了一圈，一個人影都沒有，於是，他衝向前，使盡蠻力將它推下山谷，輪椅瞬間消失在他眼前。之後，彼得立刻飛也似的躲進了高處黑莓樹叢裡，他不希望被大叔發現，但也想看看那輪椅究竟摔成什麼模樣。他看到自己的仇人往山下愈滾愈快，在轉了好幾圈之後，甚至彈了起來，緊接著又翻滾了好幾十次。看到那散了一地的輪椅、扶手碎片，以及破碎的坐墊殘骸時，彼得有種十分暢快的感覺。

他狂笑、興奮地跳躍著，又繞著四周奔跑，跳過樹叢，最後，又躲回黑莓樹叢裡，他完全沉醉在喜悅當中，因爲現在心裡所想都是輪椅毀壞之後將帶來的好處。一旦海蒂的朋友沒有輪椅，她就非得離開阿姆山不可。這麼一來，海蒂又會像以前一樣每天和他一塊兒上山，情況將回復常軌。然而，彼得並未考慮到，或者說根本沒想到，一旦做了件壞事，其餘的麻煩事必將隨之而到。

這時海蒂已經跑到了屋外，爺爺則抱著克拉拉走在後面。棚子的大門是敞開的，因此裡面是一片光亮，海蒂停下腳步朝棚子裡左瞧瞧右瞧瞧的，卻沒有發現輪椅的蹤影。這時，爺爺走了過來。

「怎麼會這樣呢？輪椅呢，海蒂？」

「我到處都找遍了。你不是說輪椅已經推到棚子外面了嗎？」她又看了一次。就在這時，突然刮起了一陣風，棚子的大門被風吹得碰撞牆壁後，又砰的一聲彈了回來。

「一定是風，爺爺，」海蒂大喊著。她因爲這個突然的發現而露出焦慮的眼神。

「喔！假使是風將輪椅吹到了多芙禮村，要花上很多的時間才能將它找回來，這麼一來，我們就來不及出門了。」

「如果那輪椅眞的滾到山谷裡，那麼，應該找不回來了，八成摔得稀爛了。」爺爺邊說邊走到山邊，往山谷裡望著，「不過，這事情有些奇怪。」

「喔，好可惜，今天不能上山了。」克拉拉難過的說，「而且沒了輪椅的話，我想我就只得回家了。喔！我好難過喔。」

海蒂以充滿期待的眼神望著爺爺，「爺爺，你一定有辦法的，是不是？事情應該不會像克拉拉說的那麼糟，她不必回家去吧？」

「嗯，現在我們按原定計畫上山吧。其他的事，稍後再來想想辦法。」

他走進屋裡拿了毛毯鋪在陽光灑落的地方，並讓克拉拉在毛毯上坐了下來，又幫兩個孩子準備了早上的羊奶，接著，便牽出那兩隻山羊。「彼得怎麼還沒到呢？」大叔思忖著今早好像還沒聽見彼得的口哨聲。之後，爺爺將克拉拉一手抱起，並說：「現在我們出發吧，讓那兩隻羊跟著我們一塊兒上山。」聽到爺爺這麼說，海蒂很是高興，摟著山羊們跟在爺爺的後頭走。海蒂的再次陪伴，讓兩隻羊兒十分興奮，爭相搶著在她的身邊，簡直就要把她給擠扁了。

抵達草原時，他們意外地發現其他的山羊已在那兒吃草了，彼得也在，正躺在草地上。

「你這個懶惰鬼，下回要是敢再偷懶不來帶羊的話，我一定會好好地處罰你。」大叔喊著。

彼得一聽到大叔的聲音，馬上跳了起來。「我去了，可是沒有人應我啊。」

「那麼你有看到輪椅嗎？」

「什麼輪椅啊。」

大叔聽了沒再說什麼。他將毛毯攤平在陽光底下，之後，讓克拉拉坐下來並問她是否舒服。

「就像坐在我的輪椅般一樣舒適，」她十分感謝爺爺，「這裡應該就是最美麗的地方吧，喔，海蒂，這裡真的好美好美啊。」她欣喜地望著四周。

爺爺準備先下山。「在這兒你們應該會很安全，也可以玩得很開心。」說完，他告

彼得使盡全身力氣把輪椅推下山谷。

訴海蒂裝食物的袋子就放在不會被太陽曬到的凹洞裡，另外，彼得也可以幫她們擠些羊奶，黃昏的時候，他會再上來接她們。現在，他得先去看看輪椅的情況如何。

天空一片蔚藍，萬里無雲。山頂上那片閃爍的白色積雪，看起來就像成千上萬顆金色和銀色星星一般。兩座高聳的灰色山峰直達天際，彷彿俯視著山谷，老鷹在清澈的天空展翅翱翔。清新的山風輕輕地吹拂過坐在山坡的孩子。克拉拉和海蒂正感受著難以言喻的喜悅。羊兒不時地走到她們身旁，小雪花也不時地靠過來，並將頭依偎在海蒂，直到有其他的羊兒想過來時才離開。漸漸地，克拉拉已經知道如何去辨別牠們，她區分得出每一隻羊兒的特性和習慣。而山羊們也逐漸熟悉克拉拉，牠們也會去摩蹭著她。

幾個鐘頭過後，海蒂突然很想去看看那片去年花朵盛開的山坡，今年是否也一樣美麗。不過，克拉拉必須等到傍晚爺爺再上山時才能去，到了那時候，花苞可能都已經闔上。她想去看看那片花海的念頭愈來愈強烈，最後，她忍不住地說：「妳可以一個人留在這裡一下子嗎？我實在很想去看看那山坡上的花朵，我會快去快回。」這時，海蒂的腦海裡閃過一個主意，她去摘了一些葉子，並將小雪花引到克拉拉身邊，「這麼一來，妳就不會孤單了。」海蒂邊說邊示意著小雪花到克拉拉身邊坐下。接著，她將摘得的樹葉放到克拉拉的膝蓋上。克拉拉要海蒂放心地去看那些花兒，因為她在這兒已經有羊兒作伴。

海蒂跑開了，克拉拉開始餵食小雪花。小雪花信任地依偎在她身邊，緩緩的吃著她手上的葉子。看得出來小雪花十分享受著這種平靜且受到保護的餵養。獨自一人坐在山坡上，身旁又有一隻那麼需要她保護的小羊，這對克拉拉而言，著實是個奇特且新鮮的感受。她突然強烈希望自己可以有能力幫助他人，而不再凡事都需要別人的協助。許許多多未曾有過的思緒，全湧進她的腦海裡，她渴望做一些能夠帶給他人幸福的事，如同她現在正幫忙小雪花一樣。一股不尋常的歡樂佔據她的內心，彷彿一切的事情都變得更完美，而她似乎也能以新觀點來看待這世界。帶著如此嶄新美好以及強烈快樂感受的她，忍不住地伸出雙臂擁抱著小雪花，「喔！在這裡多快樂啊，假使我們可以一直待在這裡，該有多好。」

這時，海蒂抵達了開滿花朵的山坡上，她興奮的大聲喊叫。眼前是一大片金黃色的花朵，之上有一片藍色風鈴草，暖暖的陽光照射下，空氣中瀰漫著一股芬芳的花香，散發出香味的正是坐落在金黃色花海當中小小的棕色花朵，正探出圓圓的小花苞出來。海蒂凝視著這片美景，用力地吸入芬芳的香氣。她猛然轉身跑回克拉拉那兒，氣喘噓噓激動地對克拉拉說：「噢！妳一定得過來看一眼。那比想像中還美。我可以背妳過去，妳不相信嗎?」

「那怎麼可能呢?妳那麼小,噢,要是我能走路,那該有多好。」

此時海蒂四處張望,好像正在找些什麼似的,顯然她又有新點子。彼得一直坐在高處看著這兩個孩子,他已經維持同樣的姿勢好幾個鐘頭。他想,既然克拉拉的輪椅已經摔爛了,理當該離開阿姆山,不過,現在她居然又出現在他面前,而且就坐在海蒂身邊。他有些不可置信地一直盯著她們兩個。

海蒂抬頭高喊,「彼得,下來。」

「我不想下去。」

「可是你一定要下來,因爲這件事情我一個人做不到。你快來幫我,趕快下來。」她急促地喊著。

「那不關我的事。」彼得回答。

於是海蒂跑了上去,眼神有些氣憤,「彼得,你再不馬上過來,一定會後悔的。」

這話果然奏效,一股強烈的恐懼自彼得的內心升起。他以爲自己剛才做的壞事,並沒有任何人發現,不過,海蒂的口氣聽起來彷彿已經知道。假使她知道了什麼事的話,大叔必定也知道了。再沒有人比大叔更可怕了,或許他已經猜到輪椅發生什麼事了。彼得內心的苦悶感逐漸加劇。他只好站起來，走到海蒂那兒。「我過來幫忙，那麼妳不會給我苦頭。」現在彼得懷著恐懼，海蒂有些歉意向他保證，「不，當然不會。跟我來吧！你不用擔心。」當他們走到克拉拉那兒時，海蒂要彼得和她合力將克拉拉扶起來。

當他們成功地將克拉拉扶起來後，眞正的困難來了，克拉拉根本無法站住，該如何帶著她走。海蒂個頭太小了，實在無法撐起克拉拉。「妳一隻手搭在我身上，另一隻手搭在彼得身上，這樣一來，我們應該就可以帶著妳走。」於是克拉拉將手搭在彼得身上，由於彼得從未讓人搭著肩膀，因爲彆扭地不知如何走路。「這樣不對，彼得，」海蒂指揮著他，「你必須扶著克拉拉的身體，這麼一來，克拉拉才能把力量放在你身上。千萬不能鬆開手，就像這樣，我們一定能做到的。」彼得依照海蒂的方式做，但走起來還是不太協調，因爲克拉拉並不算太輕，且彼得和海蒂一高一低的組合也不對稱。克拉拉開始以腳接觸地面，但每一次都很快地就把腳縮了回來。

「勇敢地把腳踏在地上，」海蒂建議著，「那一點也不會疼。」

「妳這麼認爲嗎？」克拉拉猶豫地說。

但她還是聽從海蒂的建議冒險地踩出第一步，緊接著又是另一步。雖然一開始她低聲地叫出聲，卻還是繼續往前走。

「喔！已經比較不痛。」她高興地喊著。

「再試一次。」海蒂鼓勵地說。

克拉拉繼續走著，直到她突然喊出，「我做到了，海蒂，妳看，看哪，我可以走路了。」

海蒂比她更高興地喊著：「妳眞的能走了？眞的嗎？眞的能走了嗎？喔！眞希望爺爺就在這裡，」她繼續大喊，「妳已經能走路了，克拉拉，妳能走了。」

克拉拉持續走著，三個人都察覺出每當她多跨出一步，就變得更有自信。

「我們以後可以每天都上山來，去任何我們想去的地方。今後，妳也能跟我們一樣地走路，不再需要輪椅，妳一定會愈來愈健康，眞是太開心了。」

克拉拉完全贊同，在這世上沒有比身體健康和行動自如來得更快樂的事了。

沒多久，他們走到開滿花朵的山坡附近，映入眼簾的是一大片金黃色花海。當走到藍色風鈴草附近時，克拉拉說：「我們可以在這裡坐一會兒嗎？」這正是海蒂所想的，於是他們在花海中坐下來，這是克拉拉第一次坐在暖烘烘的草地上，內心感到一股難以形容的快樂。環繞在她身邊的是無數朵飄動著的藍色花朵，背後則是一大片耀眼的薔薇花和紅色矢車菊，空氣中瀰漫著棕色小花的香氣。這裡的每一件事物都是如此的美好。

一旁的海蒂也覺得今天的景致格外迷人，她不知道自己爲何會如此快樂，甚至想要吶喊。她想起是因爲克拉拉痊癒的關係，是喜悅的心情讓周遭的美景變得更美。克拉拉靜靜地坐著，完全被眼前的迷人景色所深深吸引。所有的美好期盼，現在全部呈現在眼前，內心滿溢著喜悅，這裡的陽光和花香讓她如痴如醉。彼得躺在花海之間，完全沒有動靜，原來他已經睡著了。風兒從岩石後方輕輕地吹拂過來，穿過花叢產生颯颯聲。暖風中搖曳著的花朵散發出的香味似乎更爲芬芳，爲了欣賞更多的美景，海蒂不停地在四周穿梭著。

幾個鐘頭過去了。漫漫午後，一小群山羊朝向這片花朵盛開的山坡走來，這裡並不是牠們覓食的地方，所以牠們毫不在意地踐踏花朵。格林菲齊是帶頭的那隻。牠們顯然是來這兒尋找同伴的。當格林菲齊瞧見迷失在花海裡的三個朋友時，立即發出了一種特殊的叫聲，其他的羊兒隨之齊聲鳴叫，最後，整群羊兒都朝孩子們的方向快步奔去。

彼得被吵醒了，揉了揉雙眼，他剛才夢見那張鋪著紅色座墊的美麗輪椅又完整無瑕的擺在爺爺家門口，雖然海蒂已經承諾過不會給他苦頭吃，但他仍然十分擔心自己所做的事情會被發現。因此現在只要海蒂希望他做什麼，他便答應。

當三個人再度回到原本的山坡上時，海蒂將袋子取了過來，並且履行她的承諾，這袋午餐正是她早上用來威脅彼得的東西。早上她看到爺爺放入一大堆的食物，便開心的想著彼得也可以和她們一起分享。因此，彼得若眞的不肯幫忙，他將得不到任何食物，這是海蒂的想法，但作賊心虛的彼得，誤解了海蒂的話。海蒂將袋子裡的食物分成了三份，每一個人的份量都恰到好處。即使給了彼得一份，還是充足的。分配好食物之後，她坐到克拉拉的身旁，在一趟辛苦的旅程之後，三個人全都飢腸轆轆。而彼得雖然吃光了食物，卻無法享受食物的美味，他每吞下一口，就好像給噎著似的，因爲他的內心十分忐忑不安。

沒多久，爺爺出現了，海蒂匆忙地跑到他身邊，想要在第一時間告訴他這個好消息。由於太過興奮，她幾乎說不出一個字來。但爺爺很快地猜到海蒂要說的事，臉上也浮現欣喜若狂。他急忙地走到克拉拉身邊，微笑著說：「我們的辛苦總算沒有白費，你做到了。」接著，他扶起克拉拉，並用左手輕輕地撐著，讓她走了幾步路，有爺爺的手在背後扶著，走起路來比之前更加平穩。海蒂狂喜地在一旁蹦蹦跳跳，而爺爺看起來也相當高興。但不一會兒，他便把克拉拉抱起來，並說：「今天先走這樣就夠了。我們下山吧」，他擔心她或許會太過勞累。

那個晚上，彼得到了多芙禮村時，發現許多人擠在一起，爭先恐後地想一睹地上的某個東西，彼得也想看看。當他穿過人群，觸目所及是散佈在草叢裡的輪椅殘骸，那是他最不想見到的東西——紅色的坐墊和發亮的金屬，讓人一眼就看出輪椅完整時是多麼的華麗。

「那輪椅被扛上山的時候，我曾親眼見過。」彼得旁邊的麵包師傅說，「我敢打賭那至少值了二十五塊英鎊，不過，我眞想不透怎麼會摔成這樣。」

「大叔說，可能是被風颳下來的。」有位女士說。

「最好是風吧，」麵包師傅又開口了，「法蘭克福的那位先生要是知道了這件事，一定會找警察來調查。」

「幸好我已經有兩年的時間不曾上山了，那段時間在山上的每一個人都有嫌疑。」

越來越多的人加入討論，彼得不敢再聽下去。他悄悄地從人群中退出去，並以最快的速度跑回家。麵包師傅的話，讓他充滿恐懼。他深信法蘭克福的警官總有一天會來這兒來詢問他有關輪椅的事，然後，他們會將他關進法蘭克福的監獄裡。這些畫面一幕幕出現在他眼前，他越想越害怕，頭髮因爲恐懼而豎立，他憂心忡忡的回到家裡，既說不出話，也吃不下任何的東西。唯一能做的，就是躲到棉被底下。

「彼得一定是胃酸過多，他會那樣嘆氣，一定是身體不舒服。」布莉姬姐說。

「明天記得多給他一片麵包，把我的麵包分一些給他吧。」奶奶不捨地說著。

那個晚上，孩子們躺在床上望著窗外的星星時，海蒂說：「我一整天都在想，上帝最初沒有實現我們的願望，卻也是令人快樂的事，因爲祂已經有了更好的安排。妳是否也這麼認爲呢？」

「妳今晚爲什麼突然問我這些事？」，克拉拉問。

「因爲當初我在法蘭克福時，每天都不斷地祈禱，希望上帝可以讓我回到山上，那時候的我以爲已經被上帝遺忘，所以他才沒有實現我的願望。但現在妳看，如果我一開始就回到山上，妳就不會到這裡來了，這麼一來，也許妳的身體不會康復。」

現在，克拉拉陷入沉思中。「但是，海蒂，如果事情是這樣的話，我們是否不再需要祈禱，反正上帝總會爲我們做最好的安排。」

「妳不能這麼想，克拉拉。」海蒂急忙回答。「我們還是得繼續祈禱，這麼一來，上帝才會知道我們並沒有忘記這一切是祂所賜予的。如果我們遺忘上帝，祂會放任我們走自己的路，這麼一來，我們必將遇上麻煩，奶奶是這麼說的。所以上帝沒有在一開始就實現我們的願望，千萬不要以爲祂沒有聽見而放棄禱告。反而要告訴上帝說，親愛的天父，我知道你一定替我們做了更好的安排，我不會因此而不快樂，因爲我相信你有最好的安排。」

「妳怎麼會知道這些事呢？」克拉拉問。

「是奶奶告訴我的，而且所有的事情都如她所說，我想，今晚我們要感謝上帝，讓妳可以走路，還讓我們這麼高興。」

「海蒂，妳說的沒錯，謝謝妳提醒了我。我差點兒忘了要感謝上帝賜予我這些喜悅。」

現在，兩個孩子開始禱告，感謝上帝賜予克拉拉的眷顧與祝福。

隔天一早，爺爺要她們立刻寫一封信告訴奶奶這個好消息，並再次邀請她到山上來。不過，這兩個孩子心中另有主意，他們想給奶奶一個更大的驚喜。因此，克拉拉必須更頻繁地練習，以能早日獨自行走。而這些計畫當然不能讓奶奶知道。她們問了爺爺大約需要多久的時間克拉拉才能自己行走，他回答大約一個星期左右，她們聽了之後立刻寫了封誠摯的邀請函給奶奶，當然沒有走漏半點口風囉。

接下來的那段時間，是克拉拉在山上最快樂的日子。她每天早晨醒來，便會欣喜地喊著：「我可以走路了，再也不需要輪椅了。我可以和其他人一樣用自己的雙腳走路。」隨之而來的是走路的訓練，克拉拉每天都有進步，走起路來更輕鬆，也可以走更遠的距離。這樣的運動量讓她食慾大增，爺爺給她的麵包和乳酪每天都增加一些，現在，他又拿了一大壺的羊奶出來，給克拉拉倒了一碗又一碗。

一個星期就這麼過了，奶奶第二次上山拜訪的時間即將到來。

Chapter 23

歡樂的結局

賽瑟曼奶奶出發至阿姆山之前便給孩子們寫了封信，告訴了她們預計抵達的時間。隔天一早，彼得便將奶奶的信給帶上了山。彼得到的時候，爺爺和海蒂已經在屋外候著了。海蒂和克拉拉摸了摸羊兒的頭，希望牠們兩個今天在山上可以玩得開心，而小天鵝和小熊歡喜地抖著頭。大叔看著那兩個孩子天眞的小臉，和那精神奕奕的羊兒，臉上不禁浮現了笑容。

當彼得走近他們時，顯得有些膽怯，信才交到大叔手上，便害怕地立即轉身跑走，還往身後匆匆一瞥，彷彿有個可怕的人正追趕著他似的，緊接著，便飛也似地消失在山中。

「爺爺，」海蒂驚訝地問著，「爲什麼彼得現在變得像大土耳其一樣，他轉身看著背後的模樣，好像有人拿著棍棒在後頭追趕著他似的。」

「也許彼得做錯了什麼事，才會害怕有人拿著棍子追趕著他。」爺爺回答著。

彼得跑到了山坡上，突然間，他害怕地跳了起來，就好像被人掐住了脖子。他愈來愈焦慮，片刻都不得安寧，他覺得法蘭克福的警察隨時都有可能會從草叢後面出現。

現在，海蒂已經開始動手整理起屋子，她希望奶奶到的時候，屋子的每個角落都已經既乾淨又井然有序。上午的時光很快地就過去了，奶奶隨時都有可能會到達。因此，孩子們便一起坐在長椅上等待奶奶。爺爺採了一大把藍色龍膽花，花兒在陽光下顯得更加嬌豔，彷彿綻放出閃閃的光芒，兩個孩子看得開心極了。海蒂不時地惦腳張望，想看看奶奶究竟到了沒。最後，她看到一列隊伍朝著山上走來，走在最前頭的是嚮導，接著是騎著白馬的奶奶，在她身後還有個搬運工人，正背著一大袋的行李在身上。他們愈來愈接近小屋，最後，終於到達山頭。

她一看到她們兩個並肩地坐在一起，便立刻下馬來，相當驚訝地說：「怎麼會？妳怎麼沒坐在輪椅上呢，克拉拉？這是怎麼回事？」接著，又更加驚喜地喊著，「這眞的是妳嗎？妳的臉頰變得又圓又紅潤！我都快認不出妳了。」她趕忙地要衝向前去抱抱孫女時，海蒂立刻扶起克拉拉、使她站立，接著，兩個孩子自然地向前走去。奶奶幾乎不敢置信，克拉拉的每一步都很穩健，那兩張笑咪咪又紅咚咚的小臉正朝著她走來。

奶奶喜極而泣地朝她們奔去，先摟著克拉拉，又摟著海蒂，完全說不出話來。這時，她才發現大叔微笑地站在一旁。她牽著克拉拉走到爺爺身邊：「親愛的大叔，喔，親愛的大叔，我們該如何感謝你呢。這完全是你的功勞，這一定是因爲你對克拉拉無微不至的照料和看護……，」

「不，這全要歸功於爲阿姆山的陽光和空氣。」他打斷了奶奶的話。

「還有美味的羊奶。」克拉拉也說，「奶奶，妳一定不知道我喝了多少羊奶，眞的美味極了。」

「是啊，從妳的臉蛋我就可以明白了，」奶奶回答，「我眞的快認不出妳了，妳變得又高又壯，我從沒想過會有這麼一天。就算是現在，我還是無法相信自己的眼睛，我一定要馬上給妳的父親發封電報，要他立刻到這兒來。不過，我應該先不要告訴他原因，到時候他一定會開心極了。不過，親愛的大叔，在這兒要怎麼發電報呢，那些人是不是都離開了？」

「他們都走了，」他說，「不過，我們可以找彼得幫忙。」

奶奶迫不及待地想讓她兒子知道這個消息，因此連一天也不願意等待。

大叔朝著山上吹了聲口哨，響亮的聲音在山中繚繞不斷。彼得知道是大叔在找他，不一會兒便跑了下來，不過他的臉卻蒼白的像鬼，因爲他以爲大叔就要將他送進警局了。然而，大叔卻只是交給了他一張紙，並要他立刻將那電報送到郵局。拿著電報下山的彼得，鬆了好大一口氣，原來大叔並不是要送他到警局。

海蒂在屋子前吃起了午餐，並開始跟奶奶聊著事情的經過。像是爺爺鼓勵和督促克拉拉學習站立和練習走路，以及她們到草原的那一天，輪椅是怎樣摔落山谷。還有克拉拉渴望花海的心，讓她成功地踏出了第一步，緊接著，便邁出了一步又一步。奶奶又是感激又是驚喜說：「這眞是太不可思議了，我不是在作夢吧！這個圓潤又健康的小女孩，眞的是我的克拉拉嗎？」看到奶奶因爲這個精心策畫的大驚喜感到開心，兩個孩子便也雀躍不已。

而賽瑟曼先生則正好結束了巴黎的工作，也想給這兩個孩子一個驚喜，因此沒有事先知會賽瑟曼奶奶，便搭著火車啓程到了山上，這一整個夏天他都沒有見過克拉拉，因此現在的他非常渴望見到女兒。當他抵達拉格茲時，聽說奶奶在幾個鐘頭前也出發到了阿姆山，因此，便雇了輛馬車朝麥恩菲得出發。不過，馬車最多只能走到多芙禮村，因此接下來的山路，他只得徒步前進。往阿姆山上的山路又長又累人，走了好久，卻還沒有見到任何一間屋子。他知道彼得的家就在半山腰，但是，在他面前卻是一條條交錯分歧的山路，賽瑟曼先生開始擔心自己是不是走錯了，也許彼得的家是在山的另一邊。他四處張望，希望能找個人問路，不過，卻連半個人影兒都沒見著。身旁只有山裡呼呼的

克拉拉終於可以走路了。

風聲，陽光下蟲兒的鳴聲和枝頭上鳥兒歡喜的歌聲。

賽瑟曼先生只好站到一旁等著，並讓山上涼風吹拂著他熱烘烘的臉。這時，突然傳來一陣腳步聲，原來是彼得。他手裡握著電報從斜坡上跑下山來。賽瑟曼先生見此便喚住他，彼得猶豫地走了過去，雙腳走起路來拖拖拉拉，就像打了結似的。正當逐漸接近陌生人時，「小朋友，快點過來。要到老爺爺和海蒂的家是走這條路嗎？」彼得一聽便害怕地立刻轉身，一不小心滑了一跤，於是整個人就像那張輪椅似的滾下山，還扯破了手裡的電報，接著，那張撕破的紙就被風兒給吹走了。

「這孩子怎麼會怕成這樣呢？」賽瑟曼先生覺得一定是這孩子怕生的緣故。

沒多久，他又開始朝山上前進。而彼得則完全停不下來，繼續往山下滾了好幾圈。但是這對彼得而言，還不是最糟糕的事。因爲他以爲法蘭克福的警察眞的要來把他抓走了，而毫無疑問地，剛才那個向他問路的陌生人一定就是警察。一直滾到了灌木叢邊，他才終於停了下來，他還沒回過神，耳邊傳來：「又一個滾下來了，說不定明天會掉一袋馬鈴薯下來呢？」麵包師傅笑嘻嘻地說著。他出來散步，正好看到彼得跌了下來，滾了一圈又一圈。彼得聽了嚇了一跳，頭也不回地再奔回山上，想要趕快跑回家躲在床上。只不過，他仍然必須硬著頭皮再回到山上趕羊，否則大叔可是會生氣。對他而言，沒有任何人比大叔還令人可怕。彼得拖著蹣跚的步伐走上山，心靈飽受折磨，身體又撞得滿是傷口，他已經跑不動了。

賽瑟曼先生看見彼得的家之後，確定了自己走的方向沒錯，之後，便更加提起了精神繼續往上爬，最後，終於看到了爺爺的屋子。山上的人遠遠地就認出了賽瑟曼先生，因此也決定要給他一個驚喜。

當他終於接近爺爺家時，有兩個身影朝他走來，他看到了那個臉色紅潤、留著金髮的高個子女孩，倚靠在散發著喜悅神情的海蒂身上。賽瑟曼先生突然停住腳步，他見著那兩個孩子，激動地落下淚來，克拉拉的樣子簡直就跟她母親年輕時一模一樣，金色的頭髮、白裡透紅的肌膚，賽瑟曼先生簡直不知道自己是不是在作夢。

「你不認得我了嗎，爸爸？我眞的變了那麼多嗎？」

「是啊，妳眞的變得很不一樣。這是怎麼回事，我不是在作夢吧？」賽瑟曼先生往後退了一步，仔細地又看了她一眼，深怕眼前的影像會消失。「妳眞的是我的小克拉拉嗎？」他一次又一次地說著，接著便緊緊地抱住她，然後又一次次地確認著。

現在，奶奶走了過來，想看看兒子臉上的驚喜。「噢，你是不是要說些什麼呢，兒子，」她喊著，「你想給我們一個驚喜，卻沒想到我們爲你準備了更大的驚喜吧。」奶奶在說話的同時，輕輕地吻了一下兒子。「不過，現在你應該先去跟大叔說聲謝謝，他是我們的恩人呢。」

「妳說的沒錯，我也要謝謝這位曾經住過我們家的小海蒂。妳在山上的生活是不是既快樂又愜意呢，不過，我想我無須多問了，妳現在的模樣，就算是阿姆山上的花兒再美也比不上妳。我很高興看到妳這麼健康。」

海蒂也歡喜地望著慈祥的賽瑟曼先生。看到他這麼開心，她的心裡也很興奮。

奶奶現在正向大叔介紹著自己的兒子，兩個人先握了手，賽瑟曼便開始向爺爺表達自己由衷的感謝。

此時奶奶走到老樅樹下，她發現了一大束的藍色龍膽花，嬌鮮欲滴的花兒看起來就像是生長在那兒似的。她爲它們的美麗高興地拍了拍手，「多美啊！眞是太美了！」她喊著，「海蒂，親愛的孩子，妳過來，這是妳爲我準備的嗎?眞的太美了。」

「不，不是我，不過我知道是誰放的。」

「它們看起就像是原來的那麼美，奶奶，」克拉拉說，「妳猜猜看是誰準備的呢?」

就在這時，老樅樹的後頭傳來了窸窣聲，是彼得。爲了避開大叔身旁的那個人，他繞了一大圈，正想偷偷溜走時，卻被奶奶看見。奶奶以爲這些花是彼得準備的，並認爲他是因爲害羞才想偷偷溜走。她當然不會讓他離開，因爲她想要好好地謝謝他。

「過來，孩子，你別怕。」她叫住他。

彼得連動都不敢動，他已經完全不知所措，腦海中唯一的念頭就是：「完了！」臉色發白、頭髮嚇得全豎立起來的他，慢慢地從老樹後頭走了出來。

「別怕，小朋友，」奶奶要他別怕，「告訴我，那是你做的嗎？」

彼得不敢抬起頭來，因此並沒有見到奶奶指的是什麼，只瞄到大叔正在遠處盯著他看，而身邊站的就是那個從法蘭克福來的可怕警察。

「是的。」

「那很好啊，這有什麼好讓你害怕的呢？」奶奶問。

「因爲……因爲……它全給摔爛了。再也修不好了。」彼得費了好大的勁才說了這些話，雙腳不停地顫抖幾乎都站不住了。

奶奶擔心地問了大叔，「這可憐的孩子是不是有點兒不正常？」

「一點兒都沒有，」爺爺說，「只不過把輪椅推下山的那陣風其實就是他。他正準備著挨罰。」

奶奶不敢相信，因爲她絲毫看不出來彼得這麼不乖，更想不出他爲何要將輪椅推下山。不過，打從事情一發生，大叔就已經猜到了，因爲大叔早就意識到彼得不喜歡克拉拉，再加上彼得剛才說的那些話，使他更加確定事情是彼得做的。

「不，大叔，請你別處罰這孩子，他其實是因爲擔心法蘭克福來的客人會搶走他唯一的朋友，才會做出這樣的錯事。你千萬別處罰他，他是一時衝動才做了蠢事。我們不都也是這樣，氣頭上的時候，便會壞事。」奶奶邊說邊走向全身發抖的彼得。

她招呼著那孩子到老樅樹下，「過來，孩子，站到我面前來，我有話要告訴你。你不要再害怕了，你的確做了一件很不當的事，將輪椅推下了山谷的那一刻，你可能會覺得很快樂，你以爲這件事情不會有人發現。不過你要知道，彼得，其實上帝全都看到、聽到了，而當你想要隱瞞這件事情時，上帝便會喚醒我們心中的守護者，那個小小守護者手上有根尖尖的棒子。只要他一被喚醒，便會不斷地用那根棒子刺著我們，不讓我們有片刻的安寧，不斷地說，『事情一旦揭穿了，你就會被扭送到警局』。就這樣，我們一直生活在恐懼中，永遠無法獲得片刻的快樂與寧靜。你是不是也這麼覺得呢，彼得？」

彼得懊悔地點頭，因爲奶奶完全說中了他的心事。

「此外，事情也沒有如你所計畫的發展，」奶奶又說，「你想要傷害克拉拉，不過卻反而幫了她。克拉拉那麼渴望見到那滿山遍野的花兒，卻因爲沒有輪椅的關係，只好逼著自己走路，而且還愈走愈好。你看，當你要傷害別人，上帝反而會去幫助那個你想傷害的人。而做了壞事的你，卻得承受著這些罪過。你有沒有聽懂我說的話，彼得？如果懂了的話，千萬別忘了。要是你又起了什麼壞念頭時，想一想你心中的小小守護者，和他手上的棒子和那討厭的聲音，你記住了嗎？」

「是的。」彼得順從地點著頭；那個警察還站在大叔身邊，彼得還是不知道自己會受到怎樣的懲罰。

「那就好，這件事情就這麼算了。現在你告訴我，你想要我送你什麼？你最希望得到什麼禮物？」

彼得抬起頭來，瞪大雙眼望著奶奶，他原本以爲自己是要挨罰的，沒想到現在奶奶竟要送他禮物，他不敢置信。

「我是說眞的，」奶奶說，「來，告訴我最想收到的禮物，這禮物無關你做錯的事。你聽懂了嗎，孩子？」

彼得終於明瞭了眼前那位和藹的女士非但不會將他送交警局，而且還讓他免除了責罰。他心頭的重擔頓時卸下來，同時也意識到了一旦做錯了事，就應該立刻承認，因此，他告訴奶奶說：「我也把紙條給弄丟了。」

奶奶想了好一會兒，才弄懂了他的意思，接著，便和藹地回答著：「你懂得承認自己犯的錯事，現在的你已經又是個好孩子了。來吧，告訴我你想要得到什麼樣的禮物。」

彼得樂昏頭了，他竟然可以得到一件自己最愛的東西。他眼前浮現了麥恩菲得每年市集的景象，有太多的東西都是他渴望擁有。彼得的資產從未超過半個銅幣，而那些東西的價錢都是它們的好幾倍。那個實用的紅色哨子，還有那把銳利好用的圓柄刀，彼得猶豫了好一會兒，不知道該選擇哪個才好。最後，他終於想出了個好辦法，離明年的市集還有好長一段時間，他可以到時候再做決定，於是，他說：「我想要一個銅幣。」

奶奶忍不住笑了出來，「你這要求並不過分，來，過來，」她從皮包裡拿出了四個亮晶晶的先令硬幣以及一些小銅幣，接著便說，「我們一起來算算看，以後每個禮拜日我都給你一個銅幣。」

「一輩子都會給我嗎？」彼得天真的說著。

奶奶笑得更開心了。「是的，我會在我的遺囑上寫著，每一週都給彼得一個銅幣。」賽瑟曼先生同意地點著頭，會心地笑著。

彼得又看了一眼自己手上的錢，想確定自己是不是在作夢，接著便說：「感謝上帝。」他歡心鼓舞地又跑又跳，心情就像飛上了天。除了無須再擔心害怕外，他這一輩子每星期還可以得到一個銅幣。

接著，他們便開始了快樂的晚餐時刻，克拉拉將父親拉到了一旁說：「噢，爸爸，你不知道爺爺為了我付出了多少心力，他的恩情我一輩子都不會忘記。我一直在想，要做些什麼才能報答爺爺的恩情。」

「這也正是我想做的事，克拉拉，」賽瑟曼更加欣喜地看著女兒，「我也一直在想該怎麼做，才能表達我們最深的感激。」

賽瑟曼接著走到了爺爺身邊，握著爺爺的手說：「親愛的大叔，我們聊聊吧，我想你一定可以理解，這麼多年來，我一直沒嘗到真正的幸福，沒有會比我那可憐孩子的健康和快樂來得重要。幸好有你和上帝的幫助，才能讓克拉拉恢復了健康，你不光是給了她重生的機會，同樣地也給了我重生的機會。現在請你告訴我，我可以做些什麼來表達我的謝意。你的恩情我是絕對無法還清的，但是請告訴我能為你做些什麼吧？」

臉上掛著笑容的爺爺靜靜地聽著，「賽瑟曼先生，相信我，看到克拉拉恢復健康，我也感受到極大的喜悅，我的努力已經獲得了回報，聽你這麼說，我也十分感激，我並沒有缺少什麼東西，只不過我有個心願，要是您能答應我的話，我就心滿意足了。」

「你說吧，大叔。」

「我已經有些歲數了，也不知道還能活多久，將來我離開人世時，可能沒有東西留給那孩子，除了我，她沒有其他可以依靠的親人了。要是你能答應我，幫我照顧她，不讓她流落街頭，就是對我最大的回報了。」

「大叔，海蒂和我們早就像是一家人了。我們絕對會照顧她的。另外，海蒂在法蘭克福還有個朋友，就是去年秋天來這拜訪的醫生，他非常喜歡海蒂，他聽了你的建議，正準備搬到這兒來，到時候，他也可以就近照顧海蒂。這麼一來，就又多個人照顧海蒂了。」

「這眞是上帝的恩賜。」奶奶也加入了談話。

接著，她抱住了身邊的海蒂，「海蒂，我也有個問題想問妳，告訴我有沒有什麼東西是妳想得到的。」

「有啊。」

「那麼告訴我。」

「我想要我在法蘭克福睡的那張床，還有那高高的枕頭和厚毯子。彼得奶奶要是睡了那張床的話，就不會頭低腳高，喘不過氣，有了厚毯子的話，就不用蓋著披肩保暖了。」

她一口氣地將自己內心的願望說了出來。

奶奶相當感動，「妳做的很好。當我們快樂的時候，往往會忘記一些事情。上帝對我們這麼恩慈，我們更應該去幫助需要幫助的人。我馬上發封電報給羅特邁爾，請她馬上將那張床送過來，彼得奶奶應該很快地就可以睡在那張床上。」

海蒂興高采烈地在奶奶身邊跳著，然後，突然停了下來說：「我要馬上告訴彼得奶奶這個好消息，她那麼久沒見到我了，一定又開始擔心了。」她憶起了奶奶上回見到她那一臉的愁容。

「不，海蒂，」爺爺責備地說，「你怎麼把家裡的客人丟著，自個兒跑到山下呢？」

奶奶一聽，忙著幫海蒂辯解著：「這孩子這麼做沒錯，大叔，因為我們的關係，彼得奶奶已經太久沒見到海蒂了。我們一塊拜訪她吧，我的馬應該還在，我可以騎著馬下去。當我們到多芙禮村的時候，那封電報應該已經發出去了。你覺得呢，兒子？」

這時候，賽瑟曼先生要他的母親稍待片刻，因為他想先跟她討論接下來的旅行計畫。原本他計畫著要和母親一起到瑞士做個小旅行，不過，當時他擔心克拉拉的身體會負荷不了，不過，現在的他已經不用顧慮這件事了。他希望可以把握住這個美麗夏季的尾巴，因此，迫不及待地想要立刻出發。他提議他們今晚可以先住在多芙禮村，明早再到山上接克拉拉回拉格茲，他們的旅程將從拉格茲展開。

一開始，克拉拉知道就要離開阿姆山上，還有些心煩意亂，不過，那即將展開的美麗旅程竟讓她完全沒有時間去感傷。

奶奶牽著海蒂的手，準備下山的時候，突然想起克拉拉那孩子還沒有辦法走那麼遠的路。才轉過身，便發現爺爺抱著克拉拉，走在他們後頭了。一路上，海蒂都一直蹦蹦跳跳的，奶奶則不斷地問著關於彼得奶奶的事情，關心著她是如何度過寒冬。海蒂告訴奶奶，天冷的時候，彼得奶奶是怎麼蜷著身子坐在屋裡的角落，還告訴奶奶，彼得奶奶哪些東西吃得下，哪些吃不下。奶奶憐憫地聽著。

布莉姬妲正晾曬著給彼得換洗用的另一件衣服，她一見到這群人從山上朝著他們走來時，便衝進屋裡，「媽媽，法蘭克福的那群人經過我們家，他們應該是要回去了。大叔抱著那個行動不便的孩子和他們走在一起。」

「老天爺，他們眞的要走了嗎？」奶奶嘆了口氣，「海蒂也和他們走在一起嗎？他們眞的要把她給帶走了。要是我還能再握她的手，聽她說話，那該有多好。」

就在這時，海蒂打開了大門，衝到角落裡的奶奶身邊。「奶奶，奶奶，妳的床要從法蘭克福送來了喔，還有三個枕頭和一件厚毯子。賽瑟曼奶奶說兩天後，就會到這兒來了。」海蒂霹靂啪啦地說了一串，因爲她等不及要讓奶奶知道這個好消息。

彼得奶奶有些傷感笑說，「她一定是個仁慈的婦人，這樣的人要把妳帶走，我應該要感到高興才是，可是，我已經沒有太多日子可活了。」

「這是怎麼回事？是誰跟你說了這樣的話？」

跟著海蒂進入屋內的賽瑟曼奶奶聽見彼得奶奶所說的話，親切地問著。「不，海蒂會留在山上陪妳，我們想念她的時候，會再到山上來看她。每年我們都要到阿姆山上一趟，因為這兒是讓我們孩子重拾健康的地方。」

彼得奶奶聽到她這麼說，臉上再度浮現笑容，她緊握著賽瑟曼奶奶的手，激動地說不出話，不一會兒，斗大的淚珠便從臉上滑落下來。

海蒂握著奶奶的手說：「現在希望全都實現了，就像妳上次要我讀給妳聽的讚美詩一樣。法蘭克福的那張大床，一定會讓你睡得舒服些。」

「你說沒錯，上帝給了我太多太多的禮物，」奶奶十分感激地說。「我從來沒想過會有這麼多好心的人費心地來照顧我這個老太婆。」

「親愛的彼得奶奶，在上帝的眼裡，我們都一樣的無助，都不希望被上帝遺忘。不過，現在我應該跟妳道別了，明年再見了！」賽瑟曼奶奶離走前又握了彼得奶奶的手。彼得奶奶沒有說任何的話，卻將手握著更緊。

在這之後，賽瑟曼先生和奶奶繼續往山下走，而大叔、克拉拉和海蒂回到了山上小屋。回程的路上，海蒂還是又蹦又跳。到了隔天克拉拉要離別的時候，大夥兒都流下了感傷的眼淚。

克拉拉和奶奶離開不久，床便送達山上。此外，奶奶也沒忘記海蒂說過山上的冬天是多麼的冷，因此又給她們寄來了許多衣物來。

醫生也搬到了多芙禮村，村民們建議買下阿姆大叔和海蒂住的那間老房子。因此，他正翻修著那房子，準備著將來要和阿姆大叔和海蒂一起居住。一整個夏季幾乎沒見到面的海蒂、奶奶和彼得，這時正興高采烈坐在一起聊著。最後，奶奶說：「海蒂，妳再唸首讚美詩給我聽吧，感謝上帝賜與我這麼多恩澤，我這輩子已經滿足了。」

愛藏本 61

海蒂
Heidi

作者　喬安娜・史派立（Johanna Spyri）
翻譯　魏妙凌、魏妙琪
文字編輯　王淑華
美術編輯　柳惠芬
繪圖　徐家麟

發行人　陳銘民
發行所　晨星出版有限公司
台中市 407 工業區 30 路 1 號
TEL:(04)23595820　FAX:(04)23597123
E-mail:morning@morningstar.com.tw
http://www.morningstar.com.tw
行政院新聞局局版台業字第 2500 號
法律顧問　甘龍強 律師
印製　知文企業（股）公司　TEL:(04)23581803
初版　西元 2006 年 8 月 15 日

總經銷　知己圖書股份有限公司
郵政劃撥：15060393
〈台北公司〉台北市 106 羅斯福路二段 95 號 4F 之 3
TEL:(02)23672044　FAX:(02)23635741
〈台中公司〉台中市 407 工業區 30 路 1 號
TEL:(04)23595819　FAX:(04)23597123

定價 250 元
（缺頁或破損的書，請寄回更換）
ISBN 986-177-035-6

國家圖書館出版品預行編目資料

海蒂／喬安娜・史派立（Johanna Spyri）著；
魏妙琪、魏妙淩譯.－－初版.－－臺中市：
晨星，2006〔民 95〕
面；　公分.－－（愛藏本；61）
譯自：Heidi

ISBN 986-177-035-6（平裝）

882.559　　　　95012461

◆讀者回函卡◆

讀者資料：

姓名：＿＿＿＿＿＿＿＿＿＿＿＿ 性別：□ 男 □ 女

生日： ／ ／ 身分證字號：＿＿＿＿＿＿＿＿＿＿

地址：□□□＿＿＿＿＿＿＿＿＿＿＿＿＿＿＿＿＿＿＿＿

聯絡電話：＿＿＿＿＿＿＿＿＿（公司）＿＿＿＿＿＿＿＿＿（家中）

E-mail ＿＿＿＿＿＿＿＿＿＿＿＿＿＿＿＿＿＿＿＿＿＿＿＿

職業：□ 學生 □ 教師 □ 內勤職員 □ 家庭主婦
□ SOHO 族 □ 企業主管 □ 服務業 □ 製造業
□ 醫藥護理 □ 軍警 □ 資訊業 □ 銷售業務
□ 其他＿＿＿＿＿＿＿＿

購買書名：＿＿＿＿＿＿＿＿＿＿＿＿＿＿＿＿＿＿＿＿＿＿＿＿

您從哪裡得知本書： □ 書店 □ 報紙廣告 □ 雜誌廣告 □ 親友介紹
□ 海報 □ 廣播 □ 其他：＿＿＿＿＿＿＿＿＿＿＿＿＿＿＿＿

您對本書評價：（請填代號 1. 非常滿意 2. 滿意 3. 尚可 4. 再改進）

封面設計＿＿＿＿＿版面編排＿＿＿＿＿內容＿＿＿＿＿文／譯筆＿＿＿＿＿

您的閱讀嗜好：

□ 哲學 □ 心理學 □ 宗教 □ 自然生態 □ 流行趨勢 □ 醫療保健
□ 財經企管 □ 史地 □ 傳記 □ 文學 □ 散文 □ 原住民
□ 小說 □ 親子叢書 □ 休閒旅遊 □ 其他＿＿＿＿＿＿＿＿＿＿

信用卡訂購單（要購書的讀者請填以下資料）

書　　名	數　量	金　額	書　　名	數　量	金　額

□ VISA □ JCB □萬事達卡 □運通卡 □聯合信用卡

•卡號：＿＿＿＿＿＿＿＿＿＿＿＿＿ •信用卡有效期限：＿＿＿年＿＿＿月

•信用卡背面簽名欄末三碼數字：＿＿＿＿＿

•訂購總金額：＿＿＿＿＿＿＿元 •身分證字號：＿＿＿＿＿＿＿＿＿＿＿

•持卡人簽名：＿＿＿＿＿＿＿＿＿＿＿（與信用卡簽名同）

•訂購日期：＿＿＿＿年＿＿＿＿月＿＿＿＿日

填妥本單請直接郵寄回本社或傳真(04)23597123

請填妥後對折裝訂，直接投郵即可，免貼郵票。

廣告回函
台灣中區郵政管理局
登記證第 267 號
免貼郵票

407
台中市工業區 30 路 1 號
晨星出版有限公司

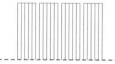

請沿虛線摺下裝訂，謝謝！

更方便的購書方式：

(1) 網站： http://www.morningstar.com.tw
(2) 郵政劃撥 帳號： 15060393
戶名：知己圖書股份有限公司
請於通信欄中註明欲購買之書名及數量
(3) 電話訂購：如爲大量團購可直接撥客服專線洽詢

◎ 如需詳細書目可上網查詢或來電索取。
◎ 客服專線： 04-23595819#232 傳眞： 04-23597123
◎ 客戶信箱： service@morningstar.com.tw